魔豆

魔豆

請解開故事謎底

MURDEREROFUS

03

花於景
著

請解開故事

謎底 03

MURDEREROFUS

目錄

CONTENTS

01 新娘

「我們會一直住在一起嗎？」在育幼院的圖書館裡，稚嫩的孩子天真地問道。

「房間一年換一次。」另一個孩子坐在椅子上翻著書，不解風情地回答。

「那我要怎麼做，才能一直跟你在一起？」孩子偏頭，繼續問。

看書的孩子終於放下手裡的書本，微笑道：「我有說我願意？」

「那你可以說你願意嗎？」孩子絲毫沒聽懂對方的拒絕。

一旁的同伴們聽見了對話，笑著指著孩子的鼻子：「莊天然，你不要再纏著他了啦，女生不是都說他是大家的嗎？而且他根本不想理你啊！」

莊天然歪頭，「他沒有不理我啊，對不對？」他看向室友。

室友說：「不對。」

「你看，他有理我。」莊天然對著同伴說道，儘管面色看不出來，但語氣彷彿有幾分驕傲。

「……」

那時，莊天然以爲快樂的日子會一直持續下去，只要他一直跟著室友，就能永遠在一起。

所以即使每天被毒打，每晚都疼得難以入眠，他也能夢到美夢。

只是不知道爲什麼，室友的反應越來越冷淡，可能是他太吵了吧，畢竟他實在太痛了。

一天晚上他被室友搖醒，他才知道自己高燒到三十九度，傷口發炎潰爛，室友沒有管他的傷口，好奇地問他：「你不後悔嗎？」

莊天然不明白，「後悔什麼？」

室友說：「你一直在袒護他們，但最後你們都一樣會被打，你不後悔嗎？」

莊天然聽不懂「袒護」是什麼意思，室友經常說出一些難懂的詞，所以大家都很崇拜他，但也很怕他，只有自己不怕。

莊天然忘記自己後來說了什麼，因爲高燒，意識逐漸模糊，他只記得室友的表情很困惑，像是發自內心不明白。

他想，原來室友也有不懂的事。

再後來，室友做了件大事，成爲所有人的英雄。

他就知道室友沒有不理他們，室友是最偉大的人。

在大家燦爛的笑容中，室友也笑了，莊天然第一次覺得室友的笑容原來這麼好看。

室友對他說：「然然，我願意。」

他不懂，「願意什麼？」

室友笑著說：「永遠和你在一起。」

莊天然被拋棄的時候、挨打的時候、受傷的時候從來沒有哭，但此刻卻覺得鼻腔酸澀，紅了眼眶，眞心實意地感受到無比的快樂。

從那之後很多年，他們臉上一直帶著這個笑容。

他堅持守著當年的約定，兩人要一直在一起，他跟著室友，從五歲來到二十歲，最後卻跟丟了。

都是他的錯。

都是他的錯。

都是他的錯。

□

「長風沙喲，路遙遙，新娘紗喲，夜漫漫，今朝姑娘要出嫁，不歸根嘍，不歸根……」

大風颳過黃沙，沙塵瀰漫，滔滔長河蜿蜒大地，一排扛轎人浩浩蕩蕩地穿過林立的岩石。

莊天然眼皮顫動，睜開眼，毫無焦距的視線滿是陰暗。耳邊隱約聽見有幾個中年男人正在唱著歌，接著一陣顛晃，讓他徹底清醒過來。

是關卡。

他驀地驚醒，眼前所見一片鮮紅，愣了愣，才發現自己蓋著頭紗，下意識想要掀開，便聽見外頭歌聲大了起來。

「長風沙喲，路遙遙，新娘紗喲，夜漫漫，今朝姑娘要出嫁，不歸根嘍，不歸根……」粗獷的歌聲鬼打牆似地不斷重複同一段詞。

莊天然的手頓了下，沒有著急動作，他低頭，發現自己坐在古早的轎子上，周圍鋪滿紅色絲綢，明明應該是喜氣洋洋的氣氛，在他眼裡卻像觸目驚心的血紅。

轎子外還在唱著新娘紗，再結合自己臉上薄紗材質的紅蓋頭——莊天然心想：自己該不會就是他們口中的新娘吧？

雖然內心充滿困惑，但這是個稍有不慎就可能喪命的關卡，他不敢貿然動作。

印象中，有個新娘在結婚前不能掀開蓋頭的習俗，外面扛轎的「人」也反覆強調新娘紗，很有可能是關卡給的提示。

莊天然微微掀開轎簾，想看外頭的情況，卻沒想到正對上了一雙瞳孔放大、布滿血絲的眼睛。

前面的扛轎人，頭顱竟是一百八十度轉向背後，直盯著轎上的人，不放過任何一舉一動。

「長風沙喲，路遙遙，新娘紗喲，夜漫漫，不歸根嘍，不歸根……」扛轎人們整齊劃一地唱著，像是某種警告。

莊天然心臟狂跳，故作鎮定地放下簾子，在蓋上前，他斜眼看了下四周，似乎看見了不只一頂轎子……很快地，一道驚恐的吼聲證實了他的想法。

另一轎的少年似乎同樣被前方的扛轎人嚇到，吼道：「靠！給我看路啊！」

看來還有其他玩家，而且從他沒有驚慌失措地喊著鬧鬼，便知道並非新手。莊天然心裡踏實了些。

這就是他們這次要過的第一道關卡？

莊天然腦中閃過無數想法。

如果放任轎子繼續前進，他們會被送到哪裡？他們現在該做的是逃離轎子，還是安靜到達目的地？萬一到達目的地才是送死？但扛轎人一直盯著他們，怎麼逃出去？

莊天然閉了閉眼，渾然不知還有多久到達目的地，也不清楚任務目標，線索僅有稀少的「不能掀開頭紗」……

莊天然睜開眼睛，沒有浪費時間胡思亂想，他一面思索「新娘轎」和關卡的關聯，一面四處尋找線索。

轎裡有幾個紅色絲綢靠枕，靠枕底下有個繡著鴛鴦的紅布包，莊天然拾起紅布包端詳，上頭綁著的結鬆落了，裡面掉出一張照片。

是個穿著喜服的女子端正坐在椅子上的老照片。

女子容貌秀麗，頗有大家閨秀的風範，只是臉上毫無笑容，明明穿著結婚禮服，卻更像是一張遺照。

找來找去只有這張照片是唯一的線索，莊天然仔細看著，腦中不由得冒出一個想法：如果是封哥，應該一眼就能看出哪裡不對勁吧？

他很快甩開念頭，自知不能依靠任何人，努力將注意力集中在照片上。

封哥說過，只要觀察細節，就能找出答案……觀察細節……莊天然注意到女人交疊在膝上的左右手動作有些古怪，被覆在左掌下的右手，似乎比了一個數字「1」。

1？什麼意思？

當莊天然更仔細觀察女人的手時，照片裡的女人忽然動了，黑色的瞳孔擴滿整個眼球，咧開了笑容，她挪開原先交疊的雙手，緩緩抬起右手——莊天然這才知道，她的右手並不是在比「1」，而是直指著自己。

莊天然渾身一抖，差點把照片扔掉，但他還沒來得及動作，同一時間聽見外面四面八方傳來尖叫。

「照、照片會動！」

「鬼啊！有鬼啊！轎子裡有鬼！」

所有人的轎子停了下來。

外頭騷動連連，莊天然趕緊掀開簾幕，這才看清前前後後有好幾頂轎子，其中四人被嚇得跳了出來，還扔了頭紗，然而他們的扛轎人卻什麼也沒做，依舊維持著扭頭的姿勢靜立原地，像尊扭曲的詭異雕像。

那四人見狀，似乎確認了下轎不會出事，便沒有再上轎，他們手裡拿著照片低聲討論些什麼，由於隔著一段距離，莊天然聽不清楚他們談論的內容。

他跨出轎子，想參與討論，忽然後頭傳來一道吼叫——

「不要下去！」

莊天然被嚇了跳，赫然頓住。

這個聲音，是剛才那個暴躁的孩子？

靜了半晌，那四個圍在一起的人同時轉頭看向莊天然。他們瞳孔放大，臉色蒼白，嘴裡唸唸有詞，異口同聲地重複唸著：「代替我代替我代替我……」

隨著窸窸窣窣的耳語，他們曝曬在太陽下的身體逐漸融化，彷彿室溫下放置過久的冰淇淋，黃褐色的油脂和深紅血水漸漸滲入沙地，最後剩下骨碌碌的眼球和張張人皮攤在地上。

他們的八顆眼球黏在皮上晃動，不甘心地盯著莊天然，彷彿在說：爲什麼不代替我？

轎子搖搖晃晃，又繼續向前。

莊天然後知後覺地明白，剛才那些不是人，是故意引誘他們下轎的鬼。

如果不是那聲叫喚，他早就沒命了。

轎子繼續往前走，莊天然確認了下轎會死，既然如此，他們該做的就是安分地待在轎子裡，直到抵達目的地，第一個關卡就能過關了——莊天然本來這樣以爲，直到後方傳來了莫名巨響，以及再次響起的少年煩躁的吼叫。

「啊啊啊！媽的！李……那女人不是說帶幸運物有用嗎？該死！」

莊天然沒聽清少年在喊誰，當他把頭探出去時，發現跟在自己身後的那頂轎子塌了。

少年站在塌垮的轎子上，生氣地跺腳，四個扛轎人照樣沒動，雙手甚至還維持著抬轎的姿勢，只是死死地盯著他看。

但容不得少年多想，身後那幾張人皮正爭先恐後地向他爬去——其中一張甚至已黏上了少年的腳踝，滑膩的觸感讓他渾身激靈，人皮似乎想直接覆蓋他的身體，將他吞噬，或取代他的外皮……

莊天然猛地拉開簾子，衝著少年大喊：「快進來！」

少年二話不說，腳上拖著人皮狂奔而來，兩手攀著門框，抬腳一躍，跳進了莊天然的轎子。

黏在少年腿上的人皮在他上轎以後，被不明外力硬生生撕下，發出淒厲的尖叫。

少年把腳上的殘片撕掉，疼得「嘶」了一聲，只見他的腳踝被扯下一塊皮，甚至露出了表皮內層淡淡的粉紅色——剛才黏在他腳上的人皮竟已融合成爲他眞正的皮膚。

如果全身被人皮包覆，那麼還會是原本的那個人嗎？

少年顧著腳踝，頭也沒抬，而莊天然早已把對方的樣貌盡收眼底。

即使隔著紅色面紗，也依稀能看出少年染著一頭已經褪成亮棕色的金髮，耳骨和耳垂各有一枚耳釘，年約十六、七歲，從外貌看很像經常進出他們所裡的離家少年。

莊天然莫名有種親切感，也突然有些想家了，他原本以爲自己不會有這個念頭，因爲即使回到家裡也沒有人等著自己。

少年撕完皮，回頭看見莊天然，明顯一愣：「老闆娘？」

莊天然：「……」誰？是因爲他現在蓋著臉，所以認錯人了？

「是你吧？莊天然？」少年隔著薄紗審視莊天然的面孔，二度確認。

莊天然點頭，但腦袋還沒反應過來剛才那句「老闆娘」是怎麼回事……

「天啊，終於見到本人了，你知道我們找你找了多久嗎？」少年語氣激動，但上下打量莊天然後，表情明顯失望，眼神甚至還帶著一絲輕視，「居然眞的是男的，我們還以爲老闆娘肯定是個聰明又性感的大姊姊……」

莊天然懷疑他認錯人了，正想開口，卻被少年打斷：「我是徐鹿，組織的人，老闆叫我們暗中保護你，你看起來根本不需要保護啊，除了傻了點。」

莊天然一聽對方提到「老闆」，立刻聯想到封蕭生。原來是封哥的組織？封哥也在這裡？

他問：「封哥也進關卡了嗎？」他按捺著沒有掀開轎簾找人。

「啊？」徐鹿不悅地皺起眉，「老闆是什麼人物，怎麼可能隨便親自下海？他能找我帶你就很不錯了，我加入組織兩年還沒跟老闆闖關超過三次欸！」

莊天然不解，心想：但是前兩次關卡，封哥明明都在……

「而且封哥如果要進關卡，怎麼可能不跟我說？」徐鹿沒好氣地說。

莊天然想起上次封蕭生是先和Leo安排好才一起闖關，的確沒必要隱瞞組織成員。確定封蕭生不在關卡，莊天然莫名有股失落，他還想問更多關於室友的案件，不知道何時才會再見到對方。

徐鹿說：「你還是先專心解決關卡吧！警覺性太差了，剛才那些『人』明顯是陷阱，居然連這樣都會被騙。」

莊天然虛心求教：「你怎麼看得出來？」

他知道自己闖關經驗不多，既然是封哥派來的人，他應該向對方多加學習，盡快跟上其他人。

「啊？」徐鹿不敢置信地說：「你沒看見嗎？他們的臉上完全沒有表情啊！正常人

在尖叫的時候，怎麼可能沒有表情？」

莊天然沉默，徐鹿看著他面無表情的臉，忽然明白什麼，也陷入了沉默。

「靠！」徐鹿想耙頭髮，卻被面紗擋住，更加窩火，「我不懂，老闆爲什麼會對你這種人……爲什麼不是性感、不對，美麗大方的老闆娘……」

「什麼老闆娘？」莊天然終於有機會問出口。

「老闆不顧危險、闖了幾百道關卡就爲了找到你，誰都會以爲是老闆娘吧？我期待已久的女神啊！」徐鹿難掩失望，重重嘆了口氣，接著話鋒一轉，鋒利的眼神盯住莊天然，「你聽好了，別扯老闆後腿，明明都是男人，憑什麼要老闆來保護你？」

莊天然的思緒早在聽到那句「老闆不顧危險、闖了幾百道關卡就爲了找到你……」就已經飄離，他忍不住想起封蕭生的笑容，以及溫暖的話語，對方總是照顧著他，光明磊落的形象就像當年的室友一樣……

莊天然回想起封蕭生手裡握有他的照片，忍不住心想——他眞的不是室友嗎？

腦中剛閃過這個念頭，與室友在海邊的那幅畫面便湧入腦海，室友模糊的面容讓他心臟倏地緊縮，強烈的絞痛令他揪緊胸口，呼吸困難。

不是，他不是室友。

「喂、喂！你還好嗎？有聽到嗎？」徐鹿拍著莊天然的背。

莊天然猛地回神，大口喘氣，不知不覺竟滿額冷汗。

徐鹿眼神飄移，略顯心虛，他乾咳兩聲，「我只是說你兩句，怎麼反應這麼大！你該不會有病吧？」

莊天然搖頭，表示自己沒事，但徐鹿被他嚇得不輕，口氣收斂了不少，「那個，我問你，這個是怎麼回事？」

徐鹿從懷裡掏出一張照片，拍在莊天然身上。

莊天然疑惑地接過，發現與自己在轎子上找到的相片一模一樣，相片上女人的穿著和背景皆相同，動作也一樣，指著正前方。

「你是問這個女人是誰嗎？」

「不是！」徐鹿搖頭，抽走照片，轉過來面向莊天然——女人手指的方向竟然隨著徐鹿的動作而改變。

「我是問，她爲什麼要一直指著你？」

照片上，女人的手始終指著莊天然，無論他移動到哪裡，女人瘋狂與怨懟的眼神就跟到哪裡。

莊天然在這一刻才知道，原來女人並不是指著正前方，一直都是指著自己。

02 綠洲

莊天然背脊一陣發涼，誰都知道，被冰棍盯上沒有好下場。

徐鹿對這種事情似乎早已司空見慣，反應不大，還自嘲地喃喃自語：「難得不是我被針對啊，難道還有比我更衰的人？」

——莊天然後來才知道，徐鹿以倒楣聞名，走樓梯樓梯會壞掉，經過天花板燈會砸下來，冰棍出現第一個追他……諸多例子不勝枚舉。

莊天然深吸一口氣，試圖冷靜下來，關卡不可能無緣無故針對任何闖關者，會被盯上通常有三種可能：一，與此場案件相關的人；二，行爲違反規則；三，這是關卡提供的線索。

雖然封哥提過，只要家屬或凶手率先抵達第十關，所有案件相關者都會被一同帶入關卡，但目前看來，關卡的開場是新娘、花轎，與室友的失蹤案似乎毫無關聯，應該能暫時排除第一個的可能性。

再來是違反規則這點，他開局便找到這張照片，當時照片裡的女人就已指向自己，所以應該與違反規則無關。

最後，是「案件提供的線索」。

女人爲什麼要指著他？而先前那些人皮鬼對著自己不斷重複的「代替我」，又有什麼含意？

這時轎子忽然停了，歌聲也戛然而止。接著一陣天搖地動，莊天然感覺渾身失重，轎子突然塌垮，他整個人往下跌落！

莊天然本能反應立刻跳出轎外，而徐鹿彷彿早有預感似地也跳了出來，嘴裡還不忘崩潰地喊：「靠！這邊也垮了？」

徐鹿原以爲是自己太過倒楣，想不到周圍同樣傳來驚叫聲，其他轎子也垮了，扛轎人的身體迅速變軟，一下子化成血水，剩下表皮癱軟在地。

轎子和扛轎人都沒了，難道是目的地到了？

莊天然轉頭一看，面前是一間廟，大門敞開，裡頭隱約亮著幽幽的紅燈籠，盡頭是深不見底的黑暗。

儘管白日當頭，蟲鳴鳥叫，兩旁樹木鬱鬱蔥蔥，但這座坐落於樹林裡的廟宇卻讓人感到一股森冷寒意。

站在廟前的除了他和徐鹿，還有兩個女生，那兩人離他們有一段距離，其中一個綁著低馬尾的女生腿被木片劃傷，臉色蒼白，瑟瑟發抖；另一個長髮女生正在和她說話。綁著低馬尾的女生全身上下包得嚴實，而長髮女生則穿著清涼的短褲和涼鞋，兩者形成強烈對比。

因爲這陣動靜，他們的頭紗都滑落下來，但並沒有受到懲罰，看來已成功度過考驗，到達目的地。

莊天然首先下意識想到的是——封蕭生眞的不在關卡。

這已經是他不知道第幾次想起這件事，莊天然感覺自己不對勁，怎麼總是想起對方。大概是進入這個世界以後，已經習慣封哥在身邊，突然有些不適應吧。

這麼說來，很久以前室友曾說過他有雛鳥情節，第一眼看到誰就會一直跟著他……室友的話又成眞了。但他不能總靠封哥闖關，他必須快點成長，才能解開室友的案子。

在上個關卡，他和封哥從校園裡離開，封哥說：「我讓梨梨在綠洲等你。」接著眼前場景一變，他又再次來到白茫茫的霧中。

有了之前的經驗，莊天然知道這裡是關卡與關卡之間的交界處，不過他不明白，綠洲在哪裡？

莊天然在迷霧裡四處走動，忽然聞到一抹熟悉的香灰味道，抬頭一看，不遠處隱隱有一道紅光。

是神龕。

莊天然加快腳步走向神龕，果不其然四周又變成熟悉的三合院，那道活潑的女聲傳來：「莊天然！又見面啦！」

「妳好。」聽見李梨的聲音，莊天然安下了心，他放下背包，把老陳寫給妻子的遺書和那些染血的衣物放進金爐，雙手合十，誠心悼念。

李梨笑道：「你又放了什麼呀？我們這裡是神龕，不是自助洗衣店啊。」

莊天然認眞地道：「這是遺物。」

「呃、哈哈，我知道啦，我是開玩笑的……」李梨小聲嘀咕。

莊天然不明白笑點在哪裡，撓了撓臉，轉移話題：「這裡就是綠洲？」

李梨咦了一聲，「不是呀，你還沒走到喔。」

莊天然不解，「封哥說妳在綠洲等我。」

「是呀！我人在綠洲沒錯，神龕只是用來溝通的地方。走出神龕，很快就會看到綠洲了。」李梨指路，「等一下你離開神龕後一直往前走，我就站在綠洲的入口等你。」

莊天然理解了。

正要離開時，忽然又被李梨叫住：「等一下！我還沒問你呢，你上次離開神龕以後做了什麼，怎麼會突然進關卡？」

莊天然不明白她的意思，他記得自己上次從三合院的大門離開後，直接就進了KTV包廂，他什麼也沒做，關卡就開始了。

接下來李梨說的話，卻讓他無比震驚——

「我還沒見過有人不到十分鐘就進入下個關卡的！眞的！我在這裡很多年了，見過的玩家至少也有上千個，一般來說，關卡沒那麼容易觸發，就算有人刻意達成條件想進入關卡，都要好幾天、甚至一個月才能……」

提起關卡時，李梨語氣明顯發顫，她特別害怕碰到關卡，抱怨了一會自己當年怕到忘了第一個關卡發生什麼事，還好她的新手獎勵就是能和哥哥一起闖關，否則她早就死了……說完後話題又繞回莊天然身上：「你的關卡開啓的頻率太頻繁了！我還是第一次遇到這種事……還好封哥早有準備，讓你帶著佛珠，不然沒人能陪你一起進關卡。這麼頻繁地闖關，即使身體不須睡眠，精神也會大受影響，情緒很容易崩潰。」

莊天然頓住，李梨說的每一個字他都能聽懂，但合在一起卻無法理解。

李梨說著說著忽然哽咽：「上次我以爲你離開神龕後會直接來綠洲，後來才知道你進了關卡，我擔心得都睡不著覺，好不容易睡著還夢到你全身都是血，嚇死我了，嗚嗚嗚……」

莊天然聽見李梨哭了，內心發怵，乾巴巴地說道：「就算我出事，也跟妳無關。」

李梨哭得更大聲了，「怎麼會跟我沒關係？封哥會殺了我啊！」

其實莊天然想說的是「不是妳的錯」，無奈不太擅長安慰人。

莊天然說：「封哥很溫柔，不可能會……」

「你根本不懂封哥！」

「……」莊天然困惑。

「總之，等一下你從門口出去，迷霧沒有分方向，一直往前走就可以了，千萬要記得，不管碰到什麼門都不可以打開喔！」李梨再三叮嚀。

莊天然點了點頭，才剛轉身邁開步伐，忽然腳步一頓，「妳剛才說妳遇過很多玩家？」

「對呀！」李梨解釋，神龕是她負責的，每天至少都會見到數十個玩家，不過她幾乎不會開口，只會用神龕顯現文字指引玩家，只有莊天然是老闆特別交代的人，須要重點照顧才例外。

莊天然問道：「妳有沒有見過身高大約一百七十公分，體重八十公斤左右，體型較寬胖，年紀大約二十歲的男生？」

李梨思索一番，苦惱地說：「你說的類型很常見耶，沒有其他特徵嗎？」

莊天然沉默。事實上，他記得的也只有在沙灘上那一幕模糊的畫面，他無時無刻都在回想室友的身影，努力想找出更多線索，但總是徒勞無功。

「……沒有，但他一定也在找我，妳有沒有遇過和我說類似的話、有可能也在找我的人？」室友可能也不記得他的名字和模樣，但關卡不可能不提供半點線索。

李梨驚訝地說：「你在說什麼呀？找你的人，不就是封哥嗎？」

莊天然一頓。

「話說回來，封哥是你什麼人呀？他爲什麼一直在找你？你知道你到底是嫌疑人，還是家屬嗎……」李梨原本想八卦一番，說到一半才驚覺說錯話，趕緊住嘴。

然而，莊天然毫無感覺，因爲他沒有太多記憶，有的只是和室友兒時快樂的回憶，以及室友突然失蹤的消息。

「我不知道。」莊天然語氣有些消沉。

他什麼都不知道，就連室友失蹤那天，他也是收到警方的通知才曉得。

「好奇怪喔，但是封哥記得你叫莊天然耶，他會不會記得你呀？」

李梨無心的一句話，讓莊天然心中越發沉重。

封哥說他不記得室友，也不記得這起案子。

他希望是真的。

他見過豺狼虎豹，也見過人面獸心的例子，並非所有凶手都是徹底的壞人，所以無法排除任何人的嫌疑。

他知道自己必須看證據說話，但他由衷希望那個人不要是封蕭生。

莊天然和李梨暫時告別後，跨出矮牆，一直往前走。

濃濃的霧瀰漫在四周，很容易迷失方向，被迷霧包圍的感覺也讓人心慌。莊天然記得李梨告訴自己的，只須一直往前走。

眼前的霧越來越淡，腳下的地勢也從平緩變得有所起伏，垂頭一看，他不知何時踩在一片沙地，周圍有幾株雜草，再抬頭，前方不遠處似乎有一棵棕櫚樹。

那裡應該就是所謂的綠洲。

莊天然鬆了口氣，又往前幾步，雙眼忽地感到酸澀，他揉了揉眼睛，再睜眼時，感覺到手上一陣冰涼的觸感，低頭一看——自己手裡竟然握著一個銅製的門把。

他猛地鬆手，往後一退，撞到了牆。

面前是一扇嶄新的銅門，旁邊是條走廊，底端有一扇窗，窗外是無邊無際的夜色，看起來是在一棟房子裡。

區區一眨眼的時間，怎麼又進入關卡了？不，他沒開門，不符合開啓關卡的條件，應該還有機會離開！

莊天然左顧右盼，想著逃離屋子的方法，很快地，他發現一旁有下樓的樓梯，但是——走廊地上有一道往樓下的長長暗紅血跡，角落還遺留著一團黑色的頭髮，像是有誰曾被拖下樓的痕跡。

樓下有什麼？往下跑的話，會不會撞見「它」？

莊天然一時不知該往哪裡走，決定先往樓梯看看。他走向樓梯，發現下方是一片白茫茫的霧氣，與剛才遇到神龕的霧看起來十分相似。

如果沒有觸發關卡，說不定往下走就能回去？

莊天然一面想，一面小心翼翼地下樓，走沒幾步，腳邊忽然一陣搔癢，他抓了抓腳踝，卻抓到了一綹長髮……

只見原本在走廊角落的那團頭髮捆住了他的腳踝，「頭髮」翻了過來，原來那並不是頭髮，而是一顆枯瘦的女人頭。

女鬼發出嘶啞的聲音，頭髮宛若活物一般不斷往外長，爬滿了走廊，一邊纏住莊天然，一邊纏住門把，不停把他往房門拖去！

莊天然受到驚嚇，緊緊抓住樓梯扶手，死也不放手。

女鬼拉扯著他，頭髮因撕扯而斷裂，發出淒厲的叫聲。

莊天然忍著頭皮發麻，牙一咬，抓著扶手一步步往下走，只見頭髮越斷越多，人頭的叫聲也越來越尖銳，讓他難以忍受。

最後，頭髮的力道忽然一鬆，纏在門把上的頭髮斷了，發出怪叫的人頭直直朝莊天然背上砸過來，眼看就要咬上他的背——莊天然顧不得還有幾級台階，立時縱身往底下一跳！

他整個人撲向迷霧裡，正面趴倒在沙地，來不及在意疼痛，趕緊摸了摸背，幸虧沒有任何東西，原本纏在腳上的頭髮也不知所蹤。

莊天然趴在地上大口喘氣，感到劫後餘生。

好一會他才從腿軟中爬起身，一步步往前走。

走沒多久，不遠處傳來一道清晰明亮的嗓音：「莊天然！這裡、這裡！」

莊天然抬頭看向聲音來源，前方依稀有一塊路牌，似乎寫著「綠洲」。

終於到了，綠洲。莊天然感慨。

路牌旁，一個女孩朝他揮舞著手，燦爛地笑著，儘管她戴著白色鴨舌帽和黑色口罩，遮掩住大半容貌，依舊難掩笑眸裡的光彩。

女孩的熱情讓莊天然愣怔片刻，他想起自從來到這個世界後，很少見過如此真切的歡迎，看起來就像個生活無虞、被家庭保護得很好的孩子。

莊天然想起李子提起妹妹時護短的模樣，理解了原因。

李梨似乎早就見過莊天然般，一點也不生疏，熱情地說道：「太好了，終於見到你了！你怎麼走這麼慢呀？不是才沒幾步嗎？」

莊天然不知該如何解釋這「沒幾步」中間究竟經歷了多少事。

李梨笑逐顏開，指著身後的風景道：「歡迎光臨綠洲！」

莊天然仰頭，路牌後的世界是夜幕中的廣袤沙漠，看似貧瘠的土地兩旁卻種滿棕櫚樹，以及由木板和茅草搭建的商店，店門上的風鈴聲不絕於耳，可見人來人往。

遠處還能見到深藍沉靜的海洋波光粼粼，一棟棟架高的小木屋在海邊林立，垂掛著黃澄澄的燈光，成了點亮黑夜的星辰，整體像極了廣告上才能見到的度假勝地。

莊天然不敢相信在這個地方竟有如此美景，簡直就像海市蜃樓、如夢似幻，他張了口，又閉上嘴，不知從何說起。

「跟剛才的迷霧很不一樣，對吧？」

確實。

看著生機盎然的景象，莊天然很難想像在這個冰冷的世界也會有這樣的風景。

李梨見莊天然放鬆了緊繃的肩膀，笑咪咪地道：「我先帶你認識綠洲，下次你就知道怎麼來了。」

莊天然點了點頭。

兩人走過木板鋪成的道路，莊天然沿路看見有人提包逛街，還有人坐在路邊的長椅打遊戲，不禁茫然，「他們也都是受困的人？」

李梨明白他的困惑，笑道：「在這種恐怖世界，很不可思議吧？」

莊天然點頭。

「其實很多人已經在這裡停留很久了，因為沒有勇氣繼續闖關，所以選擇留在這裡居住。」

「可以留在這裡？」

「可以呀，只要不去迷霧裡觸發關卡條件，就不會有事。」

莊天然了然。

「不過……如果這麼簡單就好了。」李梨苦笑，「要是自己案件的凶手、家屬，或是嫌疑人，其中之一到第十關，最後還是會被強制拉進去。或者說，如果這些人在其他關死了，他們就能直接回去現世，也有些人是這個打算。」

莊天然沉默。他想回去現世嗎？當然想。如果自己案件的家屬或凶手死了，他和室友都能離開這個世界，是嗎？

這是一個極大的誘惑，他過了這麼久才終於明白案子裡的那些人爲什麼總是想除掉家屬或凶手，但這樣一來，案件不就永遠成爲懸案了嗎？誰也不會知道室友的委屈。

莊天然想起了老陳，老陳爲了破關不惜對楊靈動手，但他在關卡中失去了性命，他女兒的案子將永遠塵封。老陳的妻子不僅失去了女兒，還失去了老公，而且犯案的凶手依舊逍遙法外。

莊天然閉上眼，更加堅定自己不能不明不白地離開，他要帶室友回家，還要讓害了他們的凶手受到嚴厲的制裁。

「李梨。」

被莊天然一喊，李梨回過頭。

「如果我之後很快又被拉進關卡，妳不用難過，那是我自願的，我想快點闖關，才能找到想找的人。」

李梨臉色古怪，「你不害怕嗎？你不是實際上才闖兩關而已嗎？」

莊天然回想在關卡裡的經歷，說不害怕是騙人的，但只要想到室友在等他，他就待不住。

看著莊天然沉著冷靜的眼神，李梨欲言又止，像在衡量該怎麼說，最後開口：「你很……特別。」

「嗯？」

「大部分的人巴不得不要進關卡，尤其大家都不記得自己的案子了，沒有理由爲了毫無記憶的事拚命……而且你不害怕嗎？你不一定是家屬啊，也有可能是凶手或嫌疑人，甚至是死者……」

莊天然毫不猶豫地說：「怕。」

李梨無語。還真的一點都看不出來啊。

「但是比起害怕，我更想知道答案，我不知道其他人記得多少，但我記得我找的人對我很重要。」

自從室友失蹤後，莊天然才知道室友對他而言有多重要。

他們一直朝夕相處，從來不曾分開，也許因爲在一起太久了，漸漸很多事情就被忽略。

剛升大學時，他因課業和社團活動特別忙，室友曾半開玩笑地抱怨一句：「然然，你變了。以前我走到哪你跟到哪，現在在宿舍都不一定能見到你。」

當時莊天然沒放在心上，這麼多年的兄弟了，沒必要整天黏在一起，反正還有大把時間。所以，當他參加夏令營的那一個禮拜都沒收到室友消息時，他並不覺得奇怪。

直到接到警方的電話，他才知道室友出了事。

爲什麼？到底爲什麼？

很多年了，他一直在想這個問題。

爲什麼是室友？爲什麼會發生這種事？爲什麼他們明明整天在一起，自己卻不知道對方發生了什麼事？

如果再多留意一點、再多關心一點，室友是不是就不會失蹤？都是他的錯。

愧疚、自責與痛苦，讓他再也沒有一天能安穩入睡，手機總是放在身邊，就怕錯過一點消息，只要有一點聲音就能讓他驚醒。

很多人勸他放下，告訴他不是他的錯。

但他們不知道，自己總是會下意識想到室友，買早餐時會想他喜歡吃什麼、出門時會想下次要約他一起去，就連看書的時候，都會想起他曾教過自己什麼……自己不可能忘記他，他們在一起太久了，生活中處處都是與他有關的回憶，失去了室友，便再也不能回到正常的生活。

只要一想到未來再也沒有室友，他就覺得恐懼和絕望，所以找到室友是他唯一的希望。

莊天然沒有向李梨多加解釋，也不知從何解釋。

李梨卻彷彿從他的眼神和話語中感受到了深刻的情感，感慨道，「明明遊戲刪除了玩家大部分的記憶，但你好像清楚記得自己與對方的感情……你和那個人，一定是認識很久了吧？」

莊天然抬頭看向李梨。

李梨搖頭失笑，「其實不能怪大部分的玩家害怕，畢竟他們大多不記得自己有多愛對方了，能像你這樣記得那麼清楚的，少之又少。」

莊天然對於室友的記憶也相當模糊，他不知道，原來這樣已經算「清楚」了？仔細回想，莉莉和田哥的感情那麼真摯，但莉莉不僅不記得田哥是誰，甚至連和老公甜蜜的記憶都遺忘了，這麼說來，自己雖然不記得室友的長相，卻記得很多與室友相處的美好記憶。

「所以我才說，你和你愛的人一定認識很久了吧？通常是朝夕相處、感情極好的家人，才能記得越清楚，因爲那個人在你生命中佔據的時間越長、分量越重，遊戲越難刪除有關他的記憶，畢竟遊戲總不能把玩家整個人生經驗都抹除吧？那也變廢人了。」

李梨拍了拍莊天然的肩，「而且啊，你好像很清楚自己想做什麼呢，這麼說來，你跟封哥有點像。」

聽李梨突然提到封蕭生，莊天然恍了下神，疑惑地看向李梨。

「封哥也是啊，剛進入遊戲世界就不停闖關，還發生過很有名的事件，某個玩家每次都剛好在關卡遇到封哥，有一次他終於忍不住質疑封哥是不是冰棍，爲什麼每場都會看到他？封哥回答：『不是每場，我玩了三十幾場才遇到你一次。』意思就是，那個玩家才玩一場，封哥已經玩了三十幾場，他差點被當場嚇死。這件事打響了封哥的名號，大家都在傳有一個比冰棍還猛的玩家，所以後來封哥開始蓋綠洲，很多人都主動幫忙，自願者組織就是那時建立的，我和我哥也是在那時候認識封哥……」

「等等。」莊天然很少打斷別人的話，但現在他不得不說：「你說，『綠洲』是封哥蓋的？」

這一整片度假勝地，是人爲蓋的？難道不是這個世界自然生成？

「咦？我沒說嗎？是啊，綠洲最開始是封哥蓋的，迷霧裡有很多空屋可以當材料，荒島求生片看過吧？不過封哥眞的很厲害吧？能做得那麼好的，除了他沒有別人了！」

李梨兩眼發光，對封蕭生無限崇拜。

「……」莊天然突然能理解那個遇見封哥的玩家，爲什麼會懷疑封哥不是人。

「說眞的，要說特別，應該是沒人比封哥特別了。」李梨露出一臉迷妹的嬌羞表情，「記得那時候，有玩家罵封哥瘋了，他氣封哥明明比別人有能力破解關卡，居然在這裡蓋什麼度假村！當時封哥只問他一句：『你出得去嗎？既然出不去，爲什麼不享受？』」

莊天然理解……這很像封哥會做的事，畢竟自己看過對方在關卡裡一個人悠哉地吃早餐。

「對了、對了，聽說後來對方還惱羞成怒說：『你不是很厲害嗎？怎麼不幫幫我們？你有沒有良心！』封哥說：『那你爲什麼不幫我蓋度假村？』我聽我哥說這件事的時候快笑瘋了，眞想看看那個人的表情，聽說那人在關卡裡常常利用新人當替死鬼，封哥嘲諷他的時候眞的好帥！」

莊天然想像了下封哥一臉認眞的模樣，忍不住也感到有些好笑。

不過，不管封哥怎麼想，但他的決定是對的，雖然在這個世界不用吃、不用睡，但精神上的耗損卻無法忽視，綠洲成爲許多玩家心靈的寄託，在此得以好好放鬆。

莊天然想起曾在電影裡看過的一句話：「絕望是烏雲，但背後總有陽光。」無論遇到任何困境，總會有人克服絕望，並帶給其他受難者力量。

李梨說，綠洲蓋好以後，甚至大幅降低了玩家在闖關中的死亡率，綠洲不只能提供休息，還能交換線索，對於玩家是相當重要的避難所。

而身爲最大功臣的封哥卻很低調，以至於後來進來的新玩家都不知道綠洲最開始源自於封哥，加上自願者組織的人越來越少，到現在，包括莊天然在內只剩下六個人。封哥爲了避免有心人士想藉由掌管綠洲來操控玩家，所以他們組織一直祕密行事，連有多少成員都不曾洩露，讓那些心存歹念的人因爲忌憚背後的組織而不敢妄自行動，這才守住了綠洲的和諧。

「而且，因爲綠洲在迷霧的外面，不會進入關卡，所以也有一些人選擇留在綠洲生活，例如我和我哥……」李梨苦笑，「因爲我在第一關的時候太害怕了，雖然新手獎勵是讓我和我哥相遇、一起闖關，但我還是被嚇到了，當時發生什麼事已經不記得，但我哥怕我在下一關出事，所以不再讓我闖關，說要和我一起留在這裡，如果不是我，我哥也不用被困在這裡，是我拖累了他……」

莊天然見李梨有些失落，他不擅長安慰人，但他認爲李梨說的不對，於是反駁：「不是這樣，李子選擇留下來，雖然可能是妳的原因，但那是因爲他沒有闖關的理由，妳是他的家人，他唯一的想法就是和妳在一起。」

莊天然雖然不知道李子和李梨出了什麼事，但他或許能明白李子的心情。

如果自己不曾遭遇室友失蹤，可能也不會那麼執著於案子，只想和室友在一起。

李梨聽完一怔，頓時熱淚盈眶，她趕緊低頭抹去了淚水，難爲情地笑了笑，「謝謝你，不好意思突然和你說這些。」

莊天然搖頭。

李梨忽然又想到了什麼，「話說回來，雖然封哥跟我哥說不確定和你是什麼關係，不過他對你眞的很特別耶，我從來沒看過他對一個人這麼好。」

莊天然確實能感覺到封蕭生相當關照自己，不過他認爲——「封哥對誰都很好。」

在關卡裡，他溫柔地對待所有人，就連對冰棍都一視同仁，雖然後者較難理解，不過他想這代表封蕭生是個無比溫柔又善良的人。

李梨雙目圓睜，頻頻搖頭，「不不不，絕對不是！封哥做事完全看心情，雖然組織的本意是在幫助玩家沒錯，但有時候我都在想封哥到底算不算好人啊……」

有時候他會作壁上觀，甚至幫助冰棍欺負玩家，讓人摸不清頭緒……所以大部分玩家其實都很害怕遇到他。

莊天然皺眉，「封哥當然是好人，我沒見過像他這麼善良的人。」

「是、是這樣嗎？那是因爲你沒見過他在組織裡都在看什麼書啊！我好幾次看到封面都差點被嚇死，什麼《如何禮貌地罵死人》、《將表面功夫貫徹到底》、《跟愚蠢之徒對話的法則》。」

莊天然思索半晌，「聽起來他很努力在學習溝通管理。」

是、這、樣、嗎？

李梨滿頭問號，乾脆破罐子破摔，不顧被殺頭的風險爆料：「我覺得你對封哥可能有誤解，我偷偷跟你說，你別看封哥一臉正經，自從你出現後，他看的書就變了，什麼《如何追回舊愛》、《誘惑木頭的一千種方式》、《男人也可以很可愛》……你懂我有多震驚嗎？」

莊天然愣了愣，而後更加蹙緊眉頭，「看多了溝通學習的書，想看其他種類也很正常，別對他太嚴苛。」

「……」這個世界對我才嚴苛。李梨撫額，「我們組織的成員也都很崇拜封哥，但像你這麼鬼遮眼的還是第一個，就連徐鹿都知道封哥有多可怕。」

「對了，你要小心徐鹿，他那麼愛封哥，我怕他會吃醋打人。」

「吃醋？」

「對，但我不是怕他打你，我是怕他打你會被封哥揍，你千萬要顧好自己的命啊，我總覺得如果你出事，封哥絕對會發瘋，這個世界不知道會變得多恐怖……」

莊天然聽得一頭霧水。

「總之，歡迎你加入組織，相信你以後會懂的。」

女生的心情總是轉換得特別快，莊天然還在思考上一件事，李梨轉頭已開啓新話題，她拿出手機，比了比鏡頭，燦爛地笑著說：「今天是你第一天上工，我們來拍照打個卡吧！」

莊天然：「……」不是說組織很低調嗎？

李梨指著螢幕，「你看，在社群還能搜到『綠洲』的hashtag，外面的人都以為是某座不明的私人島嶼呢。」

莊天然搔了搔臉頰，「這樣不會太引人注目嗎？」

李梨大笑，「沒事啦，反正遊戲會自動屏蔽消息不是嗎？完全不用擔心被發現！」

莊天然心想：原來這個世界會封鎖消息的規則還能這樣用啊……

李梨拍完照，點開了兩人的合影，接著套上螢光兔耳的濾鏡，忍不住大喊：「好可愛呀！」

她指給莊天然看合影，莊天然看見自己一副死人臉上掛著一對天空藍兔耳，完全不明白哪裡可愛。

李梨熟練地點開社群頁面，她的粉絲數很多，社群放了許多照片，幾乎一天發兩到三張，她的照片拍得極好，如洋娃娃般精緻美麗的長相搭配光鮮亮麗的場景，色彩斑斕的衣服，還有琳瑯滿目的美食，讓人難以想像這是在恐怖世界。

莊天然隱約記得李子提過李梨的本職是模特兒，成爲國際名模是她畢生的夢想，所以即使進入這個世界，她依舊沒有放棄，繼續做著老本行，透過網路接一些代言。

不過，越往下滑，照片越不對勁。

李梨的社群裡不只有她自己的照片，還有不少封蕭生的照片，內容不乏是：「老闆今天也很帥」、「給你們的粉絲福利」等等。

莊天然：「……」不是說組織內部的事都保密嗎？這不是全曝光了？

李梨似乎很喜歡和粉絲互動，邊打文案時還忍不住露出微笑，「對了，封哥要我傳話，讓你晚上八點去迷霧進行下一關，以你的體質應該很容易觸發關卡，你如果進了關卡，在迷霧裡帶著佛珠的人也統統會進關卡，他可能是想帶你闖關吧？只是不知道爲什麼這麼著急，當年帶我哥的時候也沒這麼急啊……」

李梨自言自語完，悄悄觀察莊天然的反應，又道：「不過，看起來你承受得住，或許封哥就是知道這一點吧。」

晚上八點……莊天然記下了時間。

李梨打完貼文的內容，按下了發送鍵，「好了！」

莊天然看見配圖是自己和李梨的照片，忍不住摸了摸自己的臉，再看李梨燦爛的笑容，心裡默默地想：她是怎麼做出那麼豐富的表情？

接著他看見圖片下方的文字，寫著：「迎接新成員！一切都會更好的，我們都會很好的。」

莊天然會心一笑，儘管李梨並沒有看出來。

時間來到七點五十分，李梨說今天來不及帶他回組織宿舍，等他這關結束，再帶他去熟悉環境和填寫加入組織的資料。

李梨緊緊握住莊天然的手，「一定要平安回來，我在這裡等你。」

莊天然鄭重地點頭。

莊天然算準時間，準時進入迷霧，走沒多久便在白茫茫中隱約看見一扇掛著紅色綵球的木門，門上貼著大大的「囍」字。

他嘆息，想著自己果然特別頻繁遇上關卡，到底是爲什麼——這次他沒再猶豫，果斷地打開了門，眼前的光徹底消失，意識也逐漸遠去。

當莊天然矇矓地睜開眼時，耳邊響著一首歌謠。

「長風沙哟，路遙遙，新娘紗哟，夜漫漫，今朝姑娘要出嫁，不歸根嘍，不歸根……」

關卡開始了。

1
我以為我的對手是徐鹿，想不到居然是你……
2
？
3
今天就讓我們爭奪誰才是封哥後援會會長！
4
？？？

03 祭祀

莊天然一行人停留在廟前，這間廟並不大，外觀狹長，望進去裡頭一片漆黑，唯有上方懸掛的燈籠映出晦暗的紅光，隱隱約約照亮廟內，燭火隨風輕輕搖曳，理應喜氣的氛圍，卻宛若喪禮般哀戚。

廟四周雜草叢生，看起來許久未經修整，佇立在門口兩旁的石像也布滿青苔，遠看以為是石獅子，走近一看，才發現那是兩尊沒有臉的女人泥像，腹部隆起，趴臥在地，如同孵蛋的母雞。

徐鹿被這股陰森感搞得渾身發毛，「喂，快點進去啊，天快黑了，在這裡待到晚上感覺會很不妙。」

莊天然見馬尾女生腿受傷，走過去想幫忙攙扶，但當他靠近時，馬尾女生明顯抖得更厲害，莊天然問：「沒事吧？」

馬尾女生低著頭，眼神飄移，支支吾吾說不出半句話。

「別問了，她好像很怕你們，你們認識嗎？」長髮女生露出好奇的表情，眸底卻有一絲探究。

莊天然搖頭，正想說不認識，這時徐鹿走過來，馬尾女生忍不住往後退，徐鹿不明就裡，但也不是很在乎，「快點走吧。」

莊天然與徐鹿前後進入廟裡，受傷的馬尾女生腳程比較慢，落在後頭，莊天然想回頭，卻被徐鹿一記眼刀催他快點走。

長髮女生勾住馬尾女生的手，後者被嚇了跳，長髮女生關心道：「妳的腳還好嗎？我們一起走吧！」

馬尾女生擠出一個笑容，小聲地說謝謝。

長髮女生笑著說：「我叫燕燕，妳呢？」

「林琪兒……」

「琪兒，妳脖子上的東西跑出來了。」燕燕指著林琪兒的脖子。

林琪兒摸了摸脖子，拉出了一條護身符，臉色困惑一瞬，然後忽然想起什麼似地，自言自語道：「這是爸爸給我的……」

燕燕瞟了眼護身符，沒有多問。

莊天然見兩個女生有伴，這才放下心，徐鹿瞥了一眼友愛的畫面，卻只是冷呵一聲。

一行人終於進到廟門口，裡頭很黑，偌大的大廳空無一人，只有底端的牆面擺放著一座神壇。

神壇大約一人高，孤伶伶地坐落在中央，看起來十分簡陋。神壇上沒有神像，破舊的桌布上擺滿祭祀用的器具，有花瓶、瓷碗、蠟燭、香盆、小刀和大剪刀……但這些器具明顯已經生鏽。

神壇左方有一扇漆著紅漆的木門，莊天然試圖轉動門把，但打不開。

這時，他耳邊傳來一道平板、毫無起伏的聲音：「姻緣相配，笑看對眼。花好月圓，送入洞房。交頸鴛鴦，子孫滿堂。珠聯璧合，白頭偕老……」

唸的都是祝賀詞，聽起來卻像在誦經。

莊天然轉頭想問徐鹿有沒有聽到，竟看見對方的臉變成陌生又熟悉的女人容貌，一抹紅唇如鮮血欲滴，眼球滿是漆黑，分不清瞳仁與眼白，朝他緩緩咧開笑容，說道：「代、替、我……」

莊天然大驚，往前想逃跑，不慎撞倒了什麼，伴隨著一連串乒乒乓乓的聲音，他整個人差點撲倒。

「你做什麼！」徐鹿的怒吼和女生們的尖叫把莊天然喚回現實。莊天然愣了愣，徐鹿的臉恢復如常，剛才出現的女人臉，彷彿只是幻覺。

莊天然回神後才發現自己竟然把面前的神壇推倒了，所有器具散落一地，瓷碗也碎了。

把祭壇打翻，很有可能會惹怒這裡不知道是神還是鬼的東西。

徐鹿來不及繼續吼，這回眾人都聽見死氣沉沉的聲音不停複誦：「姻緣相配，笑看對眼。花好月圓，送入洞房。交頸鴛鴦，子孫滿堂。珠聯璧合，白頭偕老……」

陰暗處走出一中年男子，嘴裡唸唸有詞，似乎是在唸經。他並未剃髮，身穿白色僧衣，外貌與常人無異，但當他走到光亮處時——他的下半身全是鮮紅血跡，就像殺了人一樣。

徐鹿想把莊天然拉起，但已來不及了，對方腳步十分敏捷，眨眼來到他們身邊。

莊天然欲推開徐鹿，卻見男子跪在倒塌的神壇前，彷彿沒看見他們，繼續膜拜誦經，如同廟裡的師父。

兩人面面相覷，誰也不知道這個冰棍想做什麼，只能從他唸誦的內容猜測，這一連串的祈福與婚禮有關。

莊天然赫然想起剛才的鬼臉哪裡眼熟，是照片裡那個穿著喜服的女子！

陰暗處又傳來了其他動靜，抬頭一看，周圍出現許多穿著白色素衣的男女，很快佔滿整間廟，詭異的是，他們的眼睛全被白布蒙住，嘴裡叨叨唸著相同的經文。

這間荒涼的廟彷彿一下子回到了香火鼎盛的榮景。

「靠！這麼多冰棍？」徐鹿臉色難看。

莊天然皺著眉，撿起地上的小刀，伸手示意徐鹿退後。

徐鹿沒忍住笑出聲，「你？保護我？一個新人？」

莊天然沒說話，緊盯著人群。

燕燕咬著唇，默默鬆開了林琪兒的手，躲在莊天然身後。

蒙眼的信徒們逐漸包圍眾人，徐鹿低聲對莊天然說：「先不要輕舉妄動，不可能一開局就團滅，先看他們想做什麼。」

莊天然點頭，轉頭卻見到林琪兒反應古怪，她不再渾身顫抖，眼神透露出一絲迷茫和困惑，嘴裡喃喃唸著：「師姊……」

師姊？

莊天然還在思索，鼻腔忽然嗅到一絲難聞的氣味，頓時臉色一變。

——是血，大量的血。

伴隨著血腥的氣息，陰影處再次走出一位女僧人，長髮及腰，走路姿態婀娜多姿，理應風景如畫，但此時所有人的視線都集中在她手裡捧著的盤子。盤子被一個金色罩子罩住，裡面竟然發出了哭啼聲。

「哇啊啊……」

是人類嬰兒的哭聲。

嬰孩啼哭聲響徹整座廟宇，信徒們紛紛停止了誦經，明顯躁動不安起來，唯有師父依舊置若罔聞地繼續唸經。

裡面是嬰兒!?

莊天然震驚，想往前接近，卻被徐鹿拉住，對著他搖頭，「別衝動！」

女僧人把盤子送到師父面前，師父總算停止了唸經，站起身。

女僧人發出清脆的笑聲，美眸凝視著師父。

師父盯著盤子，沒有接下，而是讓女人把盤子放上神壇。

莊天然心想：是要進行什麼儀式嗎？

女僧人一手扶起神壇，收拾好滿地凌亂的器具，忽然轉頭盯著莊天然，彷彿知道將神壇弄倒的罪魁禍首。

莊天然心中一悚，而女人忽然對他笑靨如花，很快收回了目光，又退回陰影下。

嬰兒哭聲越來越大了。

師父點燃神壇上的蠟燭，拾起大剪刀，掀開了蓋子——

「喀嚓！」嬰兒的哭聲戛然而止。

喀嚓！喀嚓！喀嚓！喀嚓！喀嚓！喀嚓！喀嚓！

現場陷入死亡般的靜默，僅剩下筋肉被剪斷的聲響清晰可聞。

忽然間，人群中傳來崩潰的尖叫：「啊啊啊！我受不了了！嗚嗚嗚……」女信徒摘了白布，跪倒在地，掩面哭泣。

「瘋了！你們都瘋了！」另一名男信徒跟著發難，扯下了布用力摔在地上，還用腳猛踩兩下。

乍看虔誠的信徒竟然起了內鬨，不過，這些反抗聲只佔少數，大多數人依舊蒙著布，死死低著頭，看也不敢看造次的信徒，彷彿對什麼感到異常恐懼。

「師父！我們怎麼能殺人？您眞的相信那些鬼村民說的話嗎？」男信徒質問師父。

然而，師父只是平和地說道：「知道我爲什麼讓你們蒙眼嗎？」

男信徒狐疑地搖頭。

師父施施然地起身，對信徒們說道：「摘下布條吧。」

眾人聽話地摘下，這時，他們才看見神壇上的嬰兒——那是一團血肉模糊的爛肉，血液漆黑黏稠，身軀軟如爛泥，幾乎看不出形體，像是沒有骨頭的皮囊。

那個嬰兒……根本不是人？

「心如止水，眼不見爲淨。」師父雙手合十。

信徒們備受撼動，原來師父是怕他們恐懼，所以才讓他們蒙眼，甚至獨自承擔面對妖魔的風險。

眾人紛紛跪地，「師父！我們錯了！我們錯了！」他們不停膜拜，渴求原諒。

師父沒有責怪，伸手扶起信徒，「起身吧，恐懼是本能，我會帶你們找到出路。」

說罷，師父忽然轉身看向莊天然，「施主，放下刀吧，這裡沒有危險。」

莊天然一愣，對上師父的眼睛。對方大約五十多歲，眼角下垂，眼尾有著歲月的痕跡，看來慈眉善目。

這到底是怎麼回事？

莊天然細想，所以師父和這些信徒都是玩家，嬰兒才是冰棍？關卡就是要殺了嬰兒嗎？

「你們剛才說『村民』是怎麼回事？」徐鹿抓住關鍵字，搶先問道。

師父耐心解釋：「我們剛才在門口見過這裡的村民，聽說這座村子信奉著無頭神，他們讓我們完成祭拜儀式。」

「無頭神？」徐鹿看向神壇，並沒有看見神像。

師父似乎也不知道是怎麼回事，只是照著關卡提示進行，莊天然觀察其他信徒的反應，神色都沒有變化，不像在說謊。

這些玩家都是信徒，關卡地點又在廟裡，看來這場案件多半與宗教有關，而相關人等很可能都在其中。

師父關懷道：「你們從哪裡來的？都累了吧，怎麼受傷了？」

師父觀察入微，注意到林琪兒的腿，正想伸手，卻看見少女雙腿發顫，臉色蒼白，幾乎喘不過氣，接著腿間流出金黃液體，竟嚇到了失禁……

師父頓住，莊天然立刻抽出神壇上的桌布給林琪兒遮擋，只是這一抽，上頭的祭祀用品也被甩得七零八落。

徐鹿氣得把莊天然數落了一頓，一面把東西放回原位，一面說著他們總有一天會被他害死。然而莊天然的注意力全在林琪兒身上。

林琪兒因爲羞愧而雙頰漲紅，眼角也溢出了淚水，拚命遮擋下半身，過多的關注似乎讓她更加害怕，就在她瀕臨崩潰之際，一句喊聲傳來——

「琪兒？琪兒！」一名中年男信徒從人群中擠了出來，看見林琪兒時，滿臉不敢置信。

林琪兒看向男人，男人神色嚴厲，不怒而威。

林琪兒眼神迷濛，恍了下神，接著忽然醒過來般，「爸爸？」

林父扯住林琪兒的手，注意到她的下半身，立刻皺眉，「妳怎麼回事？丟人現眼！」一邊說著，一邊脫下自己的外袍，給林琪兒罩上。

林琪兒看著林父，再也忍不住淚水，眼淚撲簌簌地掉下來。

林父轉頭，跪地向師父拜了三拜，「師父，請寬恕小女的過錯，她是無心的！」

師父微微一笑，表示無礙，「我們繼續進行儀式。」

說完，師父轉頭對著沒有神像的神壇唸道：「姻緣相配，笑看對眼。花好月圓，送入洞房。交頸鴛鴦，子孫滿堂。珠聯璧合，白頭偕老……」接著點燃燭火，舉起那嬰兒肉，轉向了眾信徒，「接受無頭神的饋贈，無頭神將會提供我們庇護。」

他遞出那盤剪碎的肉——嚴肅的模樣竟是要所有人分食。

濃濃的血腥味撲鼻而來，離得最近的莊天然首當其衝，要不是身爲警察擁有多年的臨場經驗，讓他見過不少血腥場面，早就忍不住嘔吐了。

「這不能吃。」莊天然開口制止。先不提味道噁心，吃這種東西怎麼看都會出問題！

「這是祭祀的最後一環，你們剛才都聽見村民說的話了，只有接受餽贈，才能受到無頭神庇護。」師父異常平靜，眸光掃過四周，見信徒一個個面露難色，沒人敢上前，師父直接拿起了肉塊，「拋開世俗的雜念，恐懼不再，祭品亦是生命，心存感念，不可浪費。林師弟。」

他將肉塊遞給林父，林父頷首，雙手捧著，看向身旁的女兒。

林琪兒渾身一僵，眼底寫滿恐懼。

「琪兒，聽話。」林父把肉往她面前塞，厲聲道。

林琪兒不敢置信，「爸爸！」

「這是爲妳好，神明會保佑妳！」林父說完竟要硬塞進她嘴裡，林琪兒嚇得尖叫，膽小的她第一次發出如此尖銳的聲音。

莊天然看不下去，出面阻止：「別亂吃！說不定還有其他方法……」

「我在教女兒，你別管！」林父甩開莊天然，莊天然踉蹌兩步，只見那團肉就要塞進林琪兒嘴裡——

就在千鈞一髮之際，人群中忽然傳來一聲叫喚，打斷了緊迫的場面。

「然然？然然！」

陌生卻親暱的呼喚，讓莊天然不禁一愣。

他回過頭，看見一名身姿妖嬈、膚若凝脂的女人撥開信徒，朝他飛奔而來。這畫面異常熟悉，不就是剛才林父與林琪兒相認的場景嗎？而這個女人，竟是剛才那個端嬰兒肉給師父的女僧人！

莊天然過於錯愕，還沒能反應過來，女人已先一步撲進他的懷裡，莊天然渾身一僵，感受到溫熱柔軟的肌膚貼了上來，只是胸膛有點硬。

「然然，你忘了我嗎？」女人梨花帶淚，粉拳輕敲莊天然的胸口，「你怎麼能對我始亂終棄？」

現場所有人的臉色精彩紛呈，就連林父都止住了動作。

不知情的眾人們腦中瞬間浮現一場八點檔大戲：「尼姑」、「始亂終棄」，不，連八點檔都沒有這麼毀三觀的劇情。

莊天然同樣陷入混亂之中，僵直的雙手無處安放，正想推開對方，「這位小姐，妳認錯……」

忽然，他感覺到胸口有點癢，女人悄悄在他胸前寫了一個字，字跡方正，只要仔細感覺便能辨認——

「封」。

莊天然頓住，這才赫然驚覺，是封哥？

這個女僧人，是封蕭生！

莊天然的思緒再次被顛覆，情況變得太快，他的腦筋轉不過來。

眼前這個「女僧人」絲毫沒有半分封蕭生的模樣，僧衣遮擋了寬闊的肩膀，腰帶正好縛出腰線，舉手投足韻味十足，就連唯一露出的手指也經過塑形，指腹柔軟豐腴，巧妙地掩飾了男人本應較大的骨節。

莊天然全身僵硬，不知如何反應，遲鈍的他不懂得順著台階裝作感動相會，幸好他硬邦邦的表現配上這幅畫面也不突兀，在眾人眼裡他就像面對女友指控而手足無措的負心漢。

「女僧人」很快打了圓場，他鬆開莊天然，眼含淚光說：「我是笑笑啊，我知道了，一定是遊戲讓你失憶了，對吧？」

莊天然回過神來，木訥地點頭。

笑笑，或者該說封蕭生，露出甜美的笑容，摟著莊天然的手臂說：「我們要一直在一起哦。」

「嗯。」莊天然一臉不適應。

正當眾人感嘆妹有情、郎無意，一時忘了置身在何等危險場合之際，封蕭生指向眾人身後，「你們看，有人來了。」

眾人轉身，只見廟門口不知何時站了一個提著燈籠的男人，身穿褐色的上衣和短褲，看起來像是當地的村民。

村民露出笑容，高舉燈籠，「各位#@$*們，歡迎來到無頭村。夜深了，請隨我來歇息吧。」

稱呼部分模糊不清，發出的音節是難以形容地尖銳和古怪，眞要形容，就像訊號不好產生的雜訊。有些人以爲是自己沒聽清楚，和身旁的人竊竊私語，才發現沒人聽懂這個村民是如何稱呼他們的。

雖然有些毛骨悚然，但這表示他們已經平安過了這一關？即使沒吃嬰兒肉也可以嗎？

眾人紛紛鬆了口氣。

「感謝無頭神開恩。」師父也安下心，放下嬰兒肉，沒有再執著於此。

眾信徒也學著師父複誦。

師父跟上村民的腳步，林父牽著林琪兒跟隨其後，眾人也跟著離開，而莊天然卻隱隱覺得事情沒那麼簡單，不自覺轉頭看向封蕭生的反應。

封蕭生一臉若有所思，注意到莊天然的視線，只是露出一個要他放心的微笑。

「你已經有老婆了？那老闆呢？老闆應該是你的第一順位啊。」後面傳來一道幽怨的聲音，徐鹿看著莊天然和「笑笑」，表情像極了在看一對姦夫淫婦。

莊天然這才想起徐鹿還在一旁，自從封蕭生出現後，自己的注意力全被帶走，都忘了旁邊還有人。

莊天然正想解釋，便看見封蕭生一臉震驚，纖纖玉手捂住了嘴，眼眶含淚地說：

「老闆是誰？」

莊天然：「……」

徐鹿冷笑，滿是敵意地說：「呵呵，我勸妳最好別問，我怕妳看到老闆會自卑。」

應該是不會……莊天然無奈地想，封蕭生應該是故意打斷自己，想阻止自己說出他的身分。

莊天然原本不明白爲什麼要隱瞞徐鹿，但很快想到現在周圍都是人，確實不是公開的好時機。

環顧四周的同時，莊天然忽然聽見人群中有一道耳熟的聲音。說是耳熟，一時又想不起來在哪聽過。

女人和旁人有說有笑，夜裡的冷風掀起了長髮，露出她的面容——莊天然赫然想起，是照片上那個女鬼！

她什麼時候混在人群裡的？爲什麼沒人發現？

莊天然頓時毛骨悚然，且一旦察覺後便發現眼前景象越看越不對勁，女人面容削瘦，脖子卻異常粗壯，肩膀的骨架也特別寬……這分明就是一具男人的身體，硬生生裝上了女人的頭顱。

如此詭異的畫面，周圍那麼多人居然毫無所覺。

莊天然拉了拉封蕭生，「那個女人……」

封蕭生望向莊天然指的方向，「怎麼了？」

明明如此不對勁，卻連封蕭生都沒有特別反應。

莊天然想起對方還沒見過照片上的女人，摸了摸口袋，掏出照片想給他看，卻在拿出來時赫然一愣——照片上的人變成了男人。男人面色驚恐地坐在椅子上，滿臉寫著絕望。莊天然記得這個人就是質問師父的那個男信徒。

「變了……之前明明是個女人，徐鹿也有看見……」

徐鹿聽見自己的名字，探頭過來看了眼照片，露出一臉「你神經病啊」的表情，說道：「一直都是這個男的啊，男的還女的你分不出來？」

莊天然雙手一顫，他們曾在轎子裡討論過這張照片，當時明明都說是「女人」，但現在徐鹿卻無比自然地說這張照片上的本來就是男人。

是他的記憶出了問題，還是關卡的作用？為什麼只有他記得？

「怎麼了？你臉色不好。」封蕭生敏銳地問。

徐鹿聞言也盯著莊天然，碎唸道：「從哪看出他臉色不好啊？根本沒表情啊……」

莊天然沒心情開玩笑，只想著該如何解釋現在的問題，他思索一會，說出照片裡的人被替換了，裡面這個男人是剛才出面質疑師父的男信徒。

然而徐鹿聽完更加質疑是他精神出了問題，「你在說什麼啊？剛才和師父對峙的人，明明是個女的啊！」

莊天然一愣。什麼？

封蕭生沒有反駁，顯然他看到的也是女信徒。

莊天然開始懷疑，難不成真的是自己有問題？但是，照片裡這個男人的穿著和表情，怎麼看都像是被抓進去的人，並非原始的被拍者，這一切到底是怎麼回事……

封蕭生摸了摸莊天然的腦袋，「不急，有問題才會有線索。」

莊天然因爲這句話而漸漸冷靜下來。封哥說的沒錯，有問題不一定是壞事，或許還能從中找到線索。

一行人繼續往前走，踏過廟前的雜草堆，沿著山坡往下走，由於周圍全是茂密的樹林，天色很黑，村民提著的燈籠成了唯一的光源，信徒們左顧右盼，深怕樹林裡跑出什麼恐怖的怪物，忍不住更靠近村民一點。

村民笑道：「#@$＊們就是膽小。」

此時眾人也顧不得對方詭異的音調了，只想快點到達目的地，有人忍不住問：「我們要去哪裡？」

「回家。」村民露出缺了一顆門牙的笑容，說道：「聽說妳們是受到無頭神的感召來我們這兒遊玩，想親自見證無頭神的神蹟對吧？那就要多住幾天嘍，都當自己家啊。」

越過樹林，是片寬闊的平地，平地上有一間房子，周圍全是乾涸的田，枯垂的稻株無人清理，一點也不像有人居住的模樣，屋子裡卻亮著燈。

村民領著眾人來到門前，老舊斑剝的紅磚牆面，低矮的磚瓦屋簷，落漆的紅色大門，久經蟲蛀的木框窗戶，帶著四十年前古厝的氣息。不遠處還有三間屋子，各自隔著一段距離，全都亮著燈。

村民說：「我們這兒有四間屋子，一間可以住五個人，要住哪間妳們隨便選吧，選好了就分成四組，我等等按順序帶妳們過去。」

眾人面面相覷，看起來有些猶豫，但見四間屋子似乎都差不多，交頭接耳一會兒後，很快分好了組別。莊天然此時才得知這些人本就互相認識，彼此稱呼「師兄妹」、「師姊弟」，而師父本來就是他們的師父。

他們看起來情感深厚、互相友愛，那麼，案件到底是什麼？

莊天然想起林琪兒——她是目前唯一看來和這個宗教有所衝突的人，面對人群的反應也有些古怪，或許她知道些什麼。

莊天然看向林琪兒，林父正在訓斥她，因爲她似乎不想和師父同住。

「爸爸是爲了妳的安全著想，妳不認得宋師父了嗎？宋師父對妳這麼好，怎麼能無禮！」

林琪兒心裡忐忑，「我……我不知道……」

「不記得沒關係，相信爸爸，不要排斥。」

「我不敢……」她眼神飄移，似乎很害怕。

師父聞言，雙手合十，語重心長地道：「修行在於個人，不得勉強。」

林父眉頭一皺，趕緊解釋：「師父，小孩子不懂事，您別見怪。」

一來一往間，其他人都分配好了住處，只剩下師父和莊天然這兩間住所還有位置。

師父嘆了口氣，看向跟在林琪兒旁邊的燕燕，「妳是她的朋友？」

燕燕眼珠一轉，「算是吧，剛認識。」

師父指向莊天然，「那妳們一起去睡那裡吧。」

林父眉頭深鎖，「不行！」

師父望向林父，林父察覺自己失態，趕緊道：「不好意思啊，師父，我不放心讓她去外面住，女兒還這麼小……」

「十七歲，不小了。林師弟，你忘了，村民說晚上會來找我，你放心讓女兒住在這裡？另一個女孩也是，妳們都去住別間吧。」師父儘可能地和顏悅色，無奈林琪兒依舊怕得直顫。

林琪兒看向父親，他面沉如水，沉默了好一會才說：「不要隨便跟男生說話，不可以睡同一間，明天早上就來找爸爸。」

林琪兒如獲大赦，飛快地走開，深怕被留下，只是抬頭看見莊天然時，又膽怯地縮回目光，腳步躊躇。

莊天然覺得古怪，師父也就算了，爲什麼對方看到自己也這麼緊張？自己曾做過什麼嗎？

這時，一道清香氣息飄過，封蕭生越過莊天然走向林琪兒。

他握住林琪兒的手，宛若好姊妹般地笑道：「歡迎妳來呀，林妹妹。」

林琪兒怔怔地看著對方，意外地沒有抗拒，點了點頭，露出一絲靦腆的笑容。

莊天然不解，爲什麼一樣是陌生人，但林琪兒卻不怕封蕭生？

封蕭生笑了笑，側頭在莊天然耳邊輕聲說：「自己做題，我會對答案。」

04 村莊

踏入屋內，一個面容和藹的婦人正等著他們，看起來和普通人家沒什麼不同。

就在眾人稍微安心下來時，婦人對他們說：「歡迎#@$＊們，晚餐已經準備好了。」

還是那個含糊不清的字詞，讓這張與常人無異的臉增添幾抹詭異。

幸好莊天然生得一張面癱臉，看起來波瀾不驚，只是同手同腳地走進屋裡，沒讓婦人察覺異樣。

封蕭生跟在莊天然身後進門，一副楚楚可憐的模樣，輕輕拉著他的衣襬。徐鹿忍不住在後頭抱怨：「現在是只有我是單身狗嗎？」

莊天然不知該做何解釋。

所有人都進屋以後，看見餐桌上擺著一桌熱騰騰的食物，婦人熱情地招呼他們，

「快來吃吧，菜都要涼了。」

莊天然還是第一次受到冰棍「盛情款待」，不禁有些愣怔，前幾個關卡見了面就是殺人，跑都來不及了……但，這飯能吃嗎？

他環顧屋內，客廳空間很大，小孩在裡頭奔跑都不成問題，底端有一間廚房。

莊天然努力想看廚房有沒有什麼不該出現的食材，或者食物能不能吃的暗示，但立即聽見婦人說：「妳們怎麼不坐下？」

婦人臉色變了，仍掛著一抹笑意，但漆黑的眼瞳變得深不可測。

莊天然回神後才發現只有封蕭生坐好了，其他人還站著不敢動，顯然每個人都在害怕這些食物。

見婦人變臉，他們才趕緊入座，婦人又重新堆起笑容，「感謝無頭神的饋贈，讓我們擁有美味的食物，千萬不可浪費。」

說完，婦人轉向莊天然，死死地盯著他，瞳孔再次放大，彷彿不會錯過他把食物放入口中的畫面。

莊天然緊握著雙筷，遲遲無法下手，婦人漸漸收起了笑容——就在這時，封蕭生拾起湯匙，大方地嚐了一口濃湯，還稱讚婦人廚藝了得，婦人瞬間又恢復悅色。

莊天然見狀鬆了口氣，原本也要動作，封蕭生輕輕叩了叩桌面，用指尖沾濕杯裡的水，在木桌上畫一個「×」，莊天然這才注意到對方的僧衣袖口有污漬，食物都倒進了袖子裡。

這些食物果然有問題！

莊天然用相同手法提醒所有人，這才有驚無險地度過了這一餐。

婦人收走被掃空的菜盤，說道：「妳們遠道而來，今天就早點睡吧，對了，明天早上八點的例行祭祀不必參加，廟裡要舉行婚禮。」

封蕭生一臉好奇地問：「誰要結婚？」

婦人雙手合十，拜了一拜，「偉大的無頭神。」

此話一出，眾人瞬間安靜。*無頭神要結婚？跟誰？*

婦人貌似對封蕭生很有好感，笑咪咪地說了一句：「可惜明早的新娘不是妳。」

封蕭生跟著呵呵笑，其他人只覺得毛骨悚然，佩服他聽完這話還能保持鎮定。

用完餐後，婦人讓他們早點休息，並詢問他們想睡在哪個房間。

二樓的房間可以睡六個人，三樓的房間只能睡兩個人。

莊天然問：「可以都睡二樓嗎？」

婦人微笑道：「不可以，二樓房間裡還有妳的兄弟姊妹呢。」

燕燕一聽，臉色發白，「我、我跟林琪兒睡三樓！」

那什麼「兄弟姊妹」聽起來就很不妙，誰願意跟冰棍睡在一起？

徐鹿冷笑出聲，「決定得挺快，問過我們意見嗎？」

封蕭生無視面前的衝突，勾住莊天然的手，「然然，你想住哪間？」

從旁人看來就像個溫柔可人的妻子，大有夫唱婦隨的意味。

莊天然猶豫一會，看著眼神飄移的燕燕與滿眼不安的林琪兒，說道：「我們睡二樓吧。」

封蕭生笑了笑，沒有反對，「好哦。」

徐鹿看傻了眼。他奉命保護莊天然，自然必須跟莊天然和他老婆睡——他趕緊出言抗議：「你腦袋有問題啊？誰會乖乖跟冰棍睡，我才不要被你拖下水！」

徐鹿這次進入關卡之前，就已經從Leo和李梨口中聽聞許多關於莊天然的「事蹟」，雖然李梨似乎挺佩服對方的正義和勇氣，但在徐鹿眼裡他就是個魯莽無知、不知變通的濫好人。

這回實際見到，徐鹿更加斷定了心中想法——肯定就是因爲他一直做死，老闆才會叫人來暗中保護他，麻煩死了！

徐鹿正想繼續斥罵，一旁的女聲笑咪咪地道：「你邏輯好差哦。」

徐鹿愣怔地看著「笑笑」，絲毫不明白自己爲何反過來被她批評智商。

漂亮的眼角掃過徐鹿，「如果你一定要跟我和然然睡，不選三人房，你睡哪呢？走廊？」

「……」好像是。

不知爲何，他對莊天然的老婆發不起脾氣，反而還有點本能地恐懼。

房間分配已定，婦人讓他們回房休息，莊天然進入臥房前雖然已經做好了心理準備，但打開門時，眼前的畫面依然讓他當場一愣——

房內沒有開燈，床邊的燭台是唯一光源，左右總共有六張床，床後的牆上各貼著一面長鏡，更加詭異的是，左邊的三張床上躺著一女兩男，三具軀體動也不動，蓋著棉被，雙手放在胸前。

比起房間，更像是一個停屍間。

封蕭生率先進入，徑直走向躺著的軀體，徐鹿小聲對莊天然說道：「你老婆膽子很大啊，平常都是她管著你吧？」

莊天然無話可說。

莊天然跟在封蕭生身後，聽見對方低聲說：「果然，是假的。」

假的？

莊天然看著床上躺著的人身穿鮮艷華服，死白的面容上塗抹濃艷的紅唇，兩頰畫上醒目胭紅，以及十分誇張的面部表情。

——竟然是葬禮上使用的紙紮人。

三個都是紙紮人，一個悲傷垂著嘴，一個咧開笑容，一個憤怒張口，分別代表「悲」、「喜」、「怒」三種表情。

雖然是紙紮人，但不代表它們不是活的，在這個恐怖關卡，隨時都有可能起屍。

封蕭生盯了一會紙紮人，二話不說直接掀開棉被，一掌把紙紮人翻面，接著再翻回正面，來來回回幾遍。

徐鹿早在封蕭生掀開棉被時就已逃得遠遠，還不忘拉著莊天然，「靠！你老婆膽子眞的很大，冰棍也敢動！」

「……」莊天然依舊不知該如何回答。

分配床位時，徐鹿堅持菜鳥就應該睡在靠近門口的位置，女孩子睡中間，自己則苦命點睡窗邊。

封蕭生從善如流，莊天然神情古怪，他想：封哥什麼時候才要告訴徐鹿眞相？

轉頭只見封蕭生似乎樂在其中，莊天然雖然覺得不該瞞著徐鹿，但猶豫片刻還是沒有戳破，再讓他多高興一會。

三人躺上床，見對面的紙紮人依舊沒有動靜，他們開始討論今天搜集來的線索。

莊天然問封蕭生：「你怎麼知道晚餐有問題？」

封蕭生說：「她提到是無頭神的『饋贈』。」

莊天然思索一會，很快聯想到祭祀儀式中的嬰兒肉，當時的說詞也是「無頭神的饋贈，不可浪費」，種種跡象似乎都在逼迫他們吃下不該服用的東西。

「我們進廟以前到底發生了什麼事？儀式又是什麼？」莊天然問。

封蕭生說，他們一進關卡就在廟裡，有個村民給了他們祭品，就是那盤肉，然後告訴他們如何祭拜無頭神。這裡的村民每天早上都會祭拜無頭神。

「無頭神……到底是什麼？」莊天然皺眉。怎麼聽都不是可信的神明。

封蕭生沒有回話。

莊天然困惑地看向他，封蕭生沒什麼表情地說了句：「它們在聽。」

莊天然心臟一縮，趕緊看向對面，卻見紙紮人們依舊維持著相同姿勢。

莊天然不知封哥是怎麼看出來的，他伸長脖子想看仔細，這一探頭，才發現三個紙紮人的眼球都往下挪，死死地盯著他。

他趕緊縮回脖子。

冰棍在聽，什麼時候開始聽的？

他們不便再討論，各自回床。原以為這種情況絕不可能睡得著，但冥冥之中彷彿有雙手在操控著他們的意識，印證了婦人說的那句「你們要早點休息」，他們很快便感到莫名強烈的睡意，不知不覺沉沉睡去。

深夜，熟睡的莊天然感覺鼻子一陣搔癢，摸了摸鼻子又繼續睡，但沒一會那股感覺又來了，就像被衛生紙撓著鼻子似地。

他迷迷糊糊地睜開眼，對上了一雙漆黑的眼睛和妝容誇張的臉孔，紙紮人整張臉貼在他臉上。

「啊！」莊天然從床上猛然驚醒，胡亂摸了摸臉，臉上什麼也沒有。

難道是一場夢？

他抬頭看向對面的紙紮人，卻發現紙紮人也坐了起來，直直盯著自己看。

莊天然背脊一陣發涼，不敢貿然行動，小聲地喊隔壁床的封蕭生：「封……笑笑。」

旁邊的人沒有反應。

他悄悄側頭，發現封蕭生閉眼睡得很熟，雙手放在胸前，就像紙紮人那樣。

莊天然瞠目，正想跳下床看他有沒有事，對面的紙紮人卻率先動作，原先緊閉下垂的雙唇撕開小小裂縫，喊道：「封……笑笑。」

這聲叫喚讓封蕭生倏地睜開眼睛。

封蕭生第一件事就是看向莊天然，在看見莊天然的臉時，他的臉色明顯難看，出聲喊道：「別說話！」

莊天然原本想說什麼，被制止時雖然不明所以，但還是聽話地立刻住口，這一停頓，才發現自己的嘴角刺痛，伸手一摸，兩側竟然滲出血，就像被人撕開嘴角。

這時，他看見對面的紙紮人也模仿他的動作，摸了摸自己被撕裂的嘴角。

同一時間斜對面傳來一聲：「別說話。」封蕭生對面的紙紮人也坐了起來，重複著封蕭生的言行舉止。

莊天然頓時明白，紙紮人會模仿它們正對面的闖關者的動作，而且兩者的身體不知爲何相連了，如果紙紮人受損，闖關者也會受傷。

剛才他對面的紙紮人因爲模仿他講話，導致嘴角撕裂，如果他剛才渾然不知地大聲說話，臉部恐怕會受到更嚴重的傷。至於封蕭生之所以沒事，是因爲他對面的紙紮人原本就是咧開笑容的表情，所以說話並無大礙。

現在他們的命掌握在紙紮人手裡，必須小心。

莊天然正襟危坐，緊盯著對面的紙紮人，想著該如何是好。

只要不動就沒事了吧？

正當他這麼想時，對面的紙紮人忽然自己動了。

莊天然眼睜睜看著它下床，開門往外走去——腳下莫名冰涼的觸感讓莊天然更加意識到，紙紮人的身體與感知和他是一體的，而且，紙紮人不只會模仿他，還能單獨行動！

莊天然知道絕對不能讓紙紮人離開，因爲紙做的身體相當脆弱，隨便都有可能被撕裂，一旦讓它離開，自己絕對會沒命！

莊天然立刻跳下床追了上去。

封蕭生也想翻身下床，卻發現手臂異常痠軟，竟無法掀開棉被——他抬眼，看見自己正對面的紙紮人躺了下來，蓋上被子，動也不動。

很顯然紙紮人雖然會模仿他們的行爲，但並不是隨他們操控，相反地，是紙紮人在操控他們，就連要不要模仿玩家的動作都取決於紙紮人。

「徐鹿！」

封蕭生大喊，對面的紙紮人也跟著喊，徐鹿被喊聲嚇醒，雙眼都還沒睜開便PTSD發作，彈起身回覆道：「是！老闆！」

徐鹿對面的紙紮人也坐了起來，它和莊天然的紙紮人一樣都沒有蓋被子，因此很輕易便能動作。

「紙紮人代表我們的命，天然的紙紮人跑了，你追上去。」

「是。」徐鹿不敢怠慢，趕緊下床追過去，而徐鹿對面的紙紮人卻沒有跟上，只是靜靜地看著封蕭生。

封蕭生心情不怎麼好，涼涼地回了一句：「看什麼看。」

徐鹿的紙紮人僵硬地轉頭，安安份份躺下，不敢再看。

看來每個紙紮人都有自己的性格，這個膽子特別小，知道誰不好惹……

徐鹿剛跑出門外，吹到冷風時才真正從睡夢中清醒，心中無比困惑：奇怪？剛才喊自己的不是莊天然的老婆嗎？自己怎麼會以爲是封哥……

此時，追下樓的莊天然緊跟著自己的紙紮人，看見它的背影拐進廚房，也追了過去。

廚房裡一片漆黑，沒有燈，只有面向後院的窗子透入幾許慘淡的月光，勉強映照出站在流理台前的婦人……

如此昏暗的廚房，根本看不見手下食材，婦人卻背對著他不停切著什麼。

「咚、咚、咚。」菜刀剁在砧板上的聲音一下下傳來，莊天然頓時收回腳步，同時發現自己面前的紙紮人並沒有靠近婦人。它發現婦人在廚房後，緊貼上牆面，悄悄地往外挪動，竟是想逃跑。

莊天然知道被婦人發現肯定不妙，正打算跟著紙紮人輕聲離開——「莊天然！你在嗎？」徐鹿人未到、聲先到，隔一秒才拐進廚房。

婦人聽見聲音猛地回頭，視線正好對上了剛要離開廚房的莊天然，她手持菜刀，菜刀不停滴血，在地板上落下一灘血漬，漆黑的瞳孔瞬間變成血紅色，宛若魔鬼般恐怖，她瞪著莊天然，嘶啞而尖銳地咆哮：「爲什麼不睡？爲什麼不睡？爲什麼不睡？妳爲什麼不聽話？妳爲什麼不聽話？妳爲什麼不聽話？」

婦人弓起背部，歇斯底里地不斷重複嘶吼，眼看下一秒就要撲上來。

徐鹿一進來就看見這一幕，怔了下，莊天然知道情況不妙，忍著嘴角的疼痛，試圖解釋：「睡不著……婚禮，太緊張，睡不著……」

婦人卻聽不進任何解釋，只反覆跳針重複同一句話：「妳爲什麼不聽話？妳爲什麼

不聽話？妳爲什麼不聽話？」

莊天然眼中映出發狂的婦人，她暴起，舉刀撲向自己和徐鹿——

「無頭神的新娘妳也敢碰？」

一聲冷笑，打斷了婦人的癲狂。

婦人驀然瞳孔一縮，渾身顫抖，就連手裡的菜刀也握不住，掉落在地，她立刻跪下來不停搓手膜拜：「無頭神寬恕我！無頭神寬恕我！無頭神寬恕我！」

封蕭生不顧地上的婦人，趁這時拉著莊天然和他的紙紮人走，徐鹿緊跟其後。

一路快速回到房間，確定婦人沒有追上來後，才得以鬆了口氣。

莊天然這才發現房間變暗了，有一盞蠟燭已經熄滅，而且對面那兩個紙紮人不知爲何擠到了最角落的那張床上，緊緊擁抱在一起，畏懼地看著封蕭生，好似還在發抖。

莊天然滿臉困惑。怎麼回事？

「笑笑，妳剛才說『無頭神的新娘』是什麼意思？她爲什麼那麼害怕？」徐鹿問。

封蕭生沒有立刻回答，他起身把莊天然的紙紮人按回床上，莊天然突然覺得喉嚨有點緊，不過只是短短一瞬間。

接著，封蕭生回頭，不再模仿女聲，而是以低沉磁性的原嗓音淡淡道：「我讓你保護他，你做了什麼？」

徐鹿一聽見這句話，頓時頭皮發麻，還沒反應過來便已經趴跪在地，下意識求饒：「對不起老闆！都是我的錯！我也不知道冰棍會在廚房……咦？」

徐鹿求饒到一半，突然僵硬，這才察覺是「笑笑」發出了老闆的聲音，「咦咦咦——老闆？您也進來關卡了？您怎麼沒跟我說！」

老闆的偽裝和偽聲技術如此純熟他不意外，但他從沒想過老闆也在關卡，明明指派自己協助莊天然的時候一個字都沒有說！

「你對自己的運氣還不夠了解？跟你說，讓你扯我後腿？」

這點徐鹿確實無話可說。他哭喪著臉道：「那您爲什麼還讓我來保護莊天然……」

封蕭生原本黑著臉，這時總算露出一絲笑容，「你在場，它們只會攻擊你，看來你對自己的運氣的確不夠了解。」

徐鹿欲哭無淚。

莊天然拉了拉封蕭生的衣角，讓他不要再欺負徐鹿，封蕭生這才收手。

莊天然嘗試開口：「剛才……」他說兩個字便閉上嘴，摸了摸嘴角，沒再裂開，再看向自己正對面躺得安安份份的紙紮人，它不知是被剛才婦人的模樣嚇到，還是已經被封蕭生馴服。

徐鹿也注意到變化，疑惑地看向對面的紙紮人，「它們怎麼了？您又是怎麼下床的？剛才紙紮人不是不讓您下床嗎？」

封蕭生雲淡風輕地道：「沒什麼，只是偶然發現痛覺也是共通的。」

莊天然原本沒聽懂，直到看見封蕭生旁邊那盞熄滅的燭台，再看到他被燒焦一塊的被子，還有染紅的袖口……莊天然想再看仔細，封蕭生卻收回了手。

封蕭生將手放到棉被裡，似笑非笑地說：「我往自己身上放火，紙怕火，自然會跳下床，不是嗎？」

莊天然錯愕，徐鹿忍不住罵了聲「靠」。早就知道老闆做事沒底線，但他居然連自己都敢燒……太帥了吧！徐鹿心中對封蕭生的崇拜和恐懼又多了幾分。

莊天然正想問他的手如何，封蕭生又開口：「村民跟我們說了一個故事。」

莊天然並沒有被封蕭生轉移注意力，見他在說正事，便打算自己動手掀起棉被看看他有沒有受傷，封蕭生手掌一翻，正好和莊天然伸來的手掌十指交扣，莊天然一愣，想抽回手，卻被封蕭生緊緊扣住，往身上一帶，讓莊天然跌到自己的腿上。

封蕭生斂眸，看著躺在腿上的莊天然，莞爾道：「乖乖躺好，我要說故事了。」語氣就像在說故事給兒童聽。

莊天然愣住。

徐鹿也傻了。*莊天然！你、你你怎麼能沒大沒小！怎麼能躺在老闆腿上！*

封蕭生不顧兩人的錯愕，開始說起故事，兩人的注意力一下子被引走。

「從前有座村莊，他們信奉著某個神明，據說這個神明能讓不孕的人懷孕，因此吸引許多人前來求子。有一天，一群來到此地的客人不小心撞見了村民的祭拜活動，才忽然明白一命換一命，任何願望都有代價……」

封蕭生唇角上揚，眼神卻很冷。

莊天然想起了祭祀用的嬰兒肉，難道說……無頭神能讓人懷孕，但條件是必須獻祭一個嬰兒？

徐鹿不解，「那婚禮又是怎麼回事？無頭神要跟誰結婚？我本來以爲婚禮是要獻祭女人給無頭神，但如果獻祭的是嬰兒，婚禮的意義又是什麼？」

封蕭生沒有正面回答，而是拋出了一個意味不明的問題：「爲什麼一定是女人呢？」

徐鹿問：「什麼？」

封蕭生撫摸著莊天然的頭髮，「偉大的神明能讓不能懷孕的人生育。」

徐鹿愣了愣，霎時臉色刷白，感到細思極恐。不能懷孕的人——也包括男人？而且仔細想想，照片上穿著新娘服的人，不就是男人嗎？

「靠，該不會明天的新娘就是玩家中的一個吧？我那麼衰，感覺就會被選上啊啊啊！」徐鹿很有自知之明。

莊天然這才反應過來，爲什麼封蕭生提到「無頭神的新娘」時，婦人的反應會如此激動——因爲他們都是無頭神的新娘候選人。

「不過，無頭神選新娘到底要幹嘛？它要的不是嬰兒嗎？」徐鹿還是不懂，看著封蕭生似笑非笑的神情，他忽然一陣惡寒由心生起……「等等，懷孕……它該不會是要讓我們懷孕，爲它生下嬰兒吧？」

莊天然也是這麼想的，而且他還想到一件令人毛骨悚然的事——這座村子每天都要舉行祭祀，但這裡只有四戶人家，哪有這麼多嬰兒能夠獻祭給無頭神？可以想見，是村民欺騙外地來的遊客，讓他們成爲無頭神的新娘，爲無頭神生下孩子，所以他們這些人都有可能成爲無頭神的新娘。

莊天然回想起昨天的晚餐，婦人曾對封蕭生說一句：「可惜明天的新娘不是妳。」這麼說來，新娘很可能已經決定了？那會是誰？被選上的條件又是什麼？

封蕭生笑而不語，伸手摸了下莊天然的肚子，莊天然渾身一顫，僵硬地看自己的肚子。

不會吧？

封蕭生卻收回手，「別緊張，只是摸摸看。」

莊天然：「……」

頭頂傳來陣陣輕柔的撫摸，封蕭生摸著莊天然的頭，安撫著他。莊天然莫名回想起很久以前，在他小時候，經常躺在室友腿上，和室友一起看書，那時室友總會習慣性地撫摸他的頭，就像現在的封蕭生一樣。在熟悉的溫暖中，莊天然緊繃的情緒漸漸安定下來。

封蕭生看著窗外灰濛濛的天色，幾縷陽光破出雲層，即將黎明，「很快就會有答案了。」

1
※盛世美顏
我去當新娘。
2
快快快，妳快去吧！
冰棍
3
※面癱死魚眼
我去當新娘。
4
回去房間睡覺。
冰棍

05 姻緣相配，笑看對眼

房門外傳來鍋碗瓢盆的聲音，莊天然從睡夢中清醒。

由於清晨才入眠，腦子裡亂糟糟的，出現許多雜亂的畫面，讓他難以思考。雖然在這個世界生理不受影響，身體不會感到疲憊，但果眞如李梨所說，要是不休息一直闖關，精神方面容易受到影響。

莊天然晃了晃腦袋，抬頭發現對面的三個紙紮人已經消失無蹤，棉被摺得整整齊齊，彷彿從來不曾有「人」住過。

徐鹿已經起床了，正在摺著棉被，而封蕭生還睡得很熟，唇角帶笑，不知道做了什麼美夢。

莊天然心想，在恐怖遊戲世界還能夢到美夢的，恐怕只有封哥了。

他伸手想搖醒封蕭生，便看見窗邊的徐鹿一臉驚恐，隨著他的手越靠近，徐鹿的表情越誇張，他遲疑地縮回手，徐鹿的表情明顯放鬆了些，再伸手，對方又瞬間緊繃起來，如此反覆。

怎麼回事？

莊天然不理解，於是直接動手搖醒封蕭生，徐鹿嚇得跳起來，躲到床板後面。搖一次沒反應，莊天然又用力搖了幾下，封蕭生終於緩緩睜開眼，周圍氣息頓時變得肅殺，無以名狀的壓迫感撲面而來，徐鹿已經嚇得不敢抬頭了，然而，莊天然毫無所覺，「該起床了。」

封蕭生一秒收回所有陰鬱，摟住莊天然，蹭了蹭他的腰，初醒的嗓音微啞又挾帶著一絲甜膩，「再十分鐘。」

莊天然總覺得這幅畫面似曾相識，下意識想張口說「好」，但很快想起婦人提過今天有重要的婚禮，如果起晚了、錯過時間，恐怕會很不妙。

「不行，該參加婚禮了。」莊天然說。

封蕭生這才噘著嘴爬起身。

徐鹿一臉看到鬼。先不提老闆撒嬌的模樣有多嚇人，整個組織上上下下誰不知道老闆有足以毀天滅地的起床氣？連冰棍都不能打擾他補眠，自己還是第一次看見有人吵醒老闆沒被他扔出去，甚至還笑容滿面？他這才真正領教到莊天然在老闆心中的地位有多不一般。

內心巨震的徐鹿跟著兩人一起走出房間，此時住在另一間房的女生們早已坐上餐桌，頂著黑眼圈，神色頹靡，顯然也沒睡好，正安靜地低頭吃早餐。

婦人站在一旁笑看著她們吃飯，既像是關懷，又像在監視。

「早安，睡得好嗎？快吃早餐吧。」婦人的溫聲關懷打斷了莊天然的思考，只見她一臉慈愛，昨晚的追殺彷彿不存在。

莊天然假裝把食物放進嘴裡，沒有吞下去，再趁著用餐巾擦嘴時吐出來，藏進口袋裡。

婦人見桌上食物被清空，滿意地點了點頭。

她看向牆上的鐘，對眾人說道：「各位新娘們，今天是無頭神的大婚之日，妳們很榮幸獲邀參加婚禮，婚禮將於十分鐘後開始。」

燕燕和林琪兒立刻變了臉色。

「新娘？」燕燕差點被嘴裡吃的麵噎著，嗆咳一聲。

她們不知道，昨晚莊天然一行人已經解開玩家的身分，他們除了是外地來的旅客以外，也被村民當作是候補新娘，因此村民嘴裡含糊不清的稱呼，說的就是「新娘」。

或許因爲謎題已經解開，所以稱呼也隨之解鎖。

婦人笑著注視著燕燕，重複道：「各位新娘們，今天是無頭神的大婚之日，妳們很榮幸獲邀參加婚禮，婚禮將於十分鐘後開始。」

十分鐘，時間相當緊迫，誰都知道錯過時間絕對沒有好下場，現在已經不是細問的時候，必須快點到達婚禮現場。

燕燕拉了拉林琪兒，急切地說：「廟裡、婚禮一定是在廟裡，我們快走吧！」

林琪兒卻不肯動，雙腿顫抖，拚命搖頭，「我不敢……」

燕燕嘖了一聲，倏地鬆開了手，匆匆起身，看向其他人，「你們不走嗎？」

燕燕一起身，莊天然倏地倒抽一口氣。

她的身體比例變得相當奇怪，走起路來十分不自然，像踩著高蹺般一瘸一拐，但更讓莊天然錯愕的是，周圍所有人竟神態如常，甚至燕燕本人也毫無所覺。

莊天然見她模樣怪異，彷彿隨時會摔倒，下意識想去攙扶，手臂卻被人拉住。

「怎麼了？」封蕭生問。

「你沒看見嗎？她的身體……」莊天然回頭想看燕燕，想不到耽擱這半會，她已經跑出大門。

徐鹿打斷他們：「有事待會再說吧，時間只剩八分鐘了！」

婚禮應該是在廟裡沒錯。

根據昨天的路程，走路去廟裡至少要花七、八分鐘，跑步的話也得花五分鐘，時間緊迫，是該出發了。

莊天然看向封蕭生，卻見對方不緊不慢地擦著嘴，彷彿保持整潔和餐桌禮儀更加要緊。

封蕭生甚至還有閒情逸致問林琪兒：「妳們昨天晚上發生了什麼事？」他一邊說著，一邊把另一條乾淨的粉色手帕遞給林琪兒。

林琪兒忽然被點名嚇了跳，她飛快瞟了一眼莊天然和徐鹿，再看向封蕭生柔和的目光及漂亮的手帕，漸漸放鬆肩膀，小聲地說：「昨天……女主人突然敲我們的房間。」

「她說了什麼？」

「她端了一盤食物來，叫我們吃宵夜……我、我們找藉口說不餓、不想吃，結果她突然說：『為什麼不餓？妳們晚餐一口都沒吃。』原來她、她什麼都知道……」林琪兒想起昨晚的經歷，雙眼寫滿絕望，焦慮地摳著手指。

「所以妳們吃了嗎？」

「我……我們都吃了……因為燕燕說不吃一定會被發現，我、我會不會死……」林琪兒哭了起來。

莊天然蹙眉。所以她們都吃了女主人的東西？難怪今天燕燕會變得不正常，但為什麼只有燕燕出事，林琪兒卻沒事？

林琪兒摀著臉淚流不止，封蕭生面色如常，「嗯，我就想爲什麼她今天吃了早餐。」

她是誰？燕燕？莊天然完全沒看出來，一是距離太遠，每個人吃東西都遮遮掩掩地不易察覺，二是誰都知道食物有問題，沒想過會有人敢吃。

所以封哥是因爲發現燕燕今天吃了早餐，才懷疑昨晚出了問題？但他明明沒有看見燕燕身上的異狀，是怎麼察覺出不對勁？

莊天然問：「你怎麼看出來的？」

封蕭生摺起手帕，「口氣，有吞下食物和沒吞下食物的口氣不同。」

「……」這都聞得出來？莊天然覺得封哥的能力果然與眾不同。

在一旁的徐鹿見封蕭生並不著急，於是問：「所以我們沒有出事的人其實不用參加婚禮？」

封蕭生站起身，整了整衣襬，微笑道：「要，女主人不是說我們受邀了？」

徐鹿看向時鐘，走路八分鐘的路程，現在只剩三分鐘，「……」

幾人匆匆來到廟裡，徐鹿喘得上氣不接下氣，林琪兒原本便已十分蒼白的臉色變得更加毫無血色，封蕭生則一副弱不經風的模樣，靠在莊天然身上喊累，但喘都沒喘一聲，而從小跑山鍛鍊的莊天然面不改色。

莊天然從左側的門跨入廟內，明明是白天，廟裡卻漆黑一片，唯有兩旁吊掛的燈籠照亮大廳，一點也不像熱鬧的婚禮。

人群和昨天一樣聚集在左側，所有人面面相覷，場面異常安靜，沒有人敢問婚禮怎麼舉行。

莊天然發覺這個關卡的人們和他在其他關卡遇見的不同，以往那些人都會積極尋找出路或者線索，更有不少人試圖主導節奏，但這些人卻一臉像是在等待有誰能提供答案。他們大部分都是上了年紀的長者，看來手足無措的樣子，顯然沒能適應這個詭異的地方。

林琪兒一進門便奔向自己的父親，林父眉頭的皺褶加深，指責林琪兒步伐太大聲，林琪兒低下頭不敢應聲。

「砰、砰、砰！」左右和中間的大門應聲關閉，眾人顫了下，卻不敢發出半點聲音。

大門一關，廟裡更加安靜得令人窒息，這時莊天然注意到底端原本放置的神壇消失了，取而代之的是一尊金色的人形雕像。

雕像站在一塊紅色的木台上，四肢相當不和諧，手腳長短不齊，粗壯的大腿連接著瘦弱的小腿，因此整個人歪向一側。身形矮小，高度甚至不到一般女性的一半——而且，它沒有頭。

雕像下方的台子用金色篆體刻著「習俗流程」，底下附帶幾行字：「儀式一：姻緣相配，笑看對眼。儀式二：花好月圓，送入洞房。儀式三：交頸鴛鴦，子孫滿堂。儀式四：珠聯璧合，白頭偕老。」

莊天然驚覺，這也許就是無頭神。但是，這座神像比想像中矮小，沒有給人半點壓迫感，彷彿不具威脅。他忍不住心想：這真的是無頭神嗎？無頭神真的存在嗎？難道其實只是村民的想像……

「這下麻煩了。」封蕭生撫著下唇，忽然道。

莊天然愣了愣，竟然能被封哥說「麻煩」，那情況不是非常不妙嗎？

莊天然轉身正想追問，人群中忽然傳來竊竊私語，接著場面一下子爆發，莊天然還沒弄清發生什麼事，便看見有人指著他背後驚恐地叫道：「它動了！有鬼、這裡有鬼啊！」

莊天然回頭，只見身後的無頭神像緩緩抬起手臂，伸出長短不一、胖瘦不均的手指，比了一個「五」。

接著，它的拇指以極爲緩慢的速度彎曲，貌似漸漸趨近於「四」。

——它正在倒數。

「它要來抓我們了嗎？快逃啊！」恐慌迅速蔓延，日以繼夜的恐懼在這一刻爆發，早已待不住的人們徹底不受控制，四處逃竄。

封蕭生沒有動，甚至蹲下身，近距離凝視無頭神緩緩動作的手指，神情十分專注，誰也無法打擾他。

徐鹿慌張地說：「老闆！冰棍要抓人了，我們快點跑吧！」再像剛才那樣跑一次他的命就要沒了。

封蕭生彷彿沒聽見般文風不動，直到莊天然問：「封哥，你在看什麼？」

莊天然沒有害怕，也沒有逃跑，他知道封哥這麼做必有原因。

封蕭生這才終於有了反應，抬頭，指著無頭神的右腿，「這片趾甲，你不覺得眼熟？」

莊天然看著無頭神的腳趾，右腿的小趾趾甲似乎裂開了，再仔細一看，這根腳趾瘦長，關節很小，趾甲偏尖，明顯是女性的腳趾，但莊天然還是不明白這根腳趾哪裡眼熟。

或者該說……他們什麼時候見過無頭神的腳趾？

封蕭生沒有解釋，在無頭神即將比出「三」之前，他起身，走向底部左側原本鎖上的木門，轉動門把，門開了。他抬頭看了一會，踏了進去。

徐鹿緊隨其後，回頭發現莊天然仍站在原地，喊道：「看什麼看？快走啊！」

莊天然正回頭看著亂成一團的人們。

所有人都聚集在大門，拚命拍打著門板，哭求著誰打開門讓他們出去，師父溫聲細語地勸說他們，試圖讓他們趕緊躲起來，但在緊張與恐懼的情緒渲染下，原本虔誠的信徒甚至開始責怪師父。

「這是什麼鬼地方？不是說只要供奉無頭神，很快就能離開嗎？」

「該不會是騙我們的吧？我們死定了，嗚嗚嗚……」

「放我出去！快放我出去！」

莊天然知道如果這些人再不躲起來，很有可能會全被無頭神殺害。他往前邁進一步，徐鹿從身後拉住他的手，「你想幹嘛？別管了！他們不會聽你的，我之前遇過有人爲了勸架搞到團滅，你別傻了！」

「然然，你想幫他們嗎？」原本已經走遠的封蕭生不知何時來到莊天然身邊，邊說還邊把徐鹿的手撥開。

莊天然點頭，「他們看起來是新人，我們有經驗，應該幫助他們。」從他們對冰棍的稱呼，以及對關卡的恐慌和不了解，再加上以爲只要跑出大門就能得救，以上幾點都能看出這些人要不是新人，就是闖關經驗極少。自己剛進關卡時，也是受到老手的幫助才得以瞭解規則，所以他想把這份善意繼續回饋給其他人。

徐鹿嗤笑道：「玩過兩關也敢說自己有經驗？我們封哥可是玩過幾百關，這些人連自己的師父都不信了，怎麼可能會聽我們的話？要是每個人的命都想管，我們早就不知道死幾百遍了！老闆，對不對？」

雖然他們組織的立意是幫助玩家，但並不是盲目地散播大愛，老闆曾經說過，任何事都要以顧全自己爲重，如果連自己都顧不了，那還談什麼幫助他人？毫無計畫地幫助別人不是善良，而是傻。

徐鹿正想把封蕭生說過的話複述一遍，便聽見封蕭生說：「好，我們幫他們。」

徐鹿一臉問號。自己剛才聽見什麼？

莊天然和封蕭生走向人群，見到兩人毫不猶豫的背影，徐鹿開始懷疑人生。

師父看著走到自己面前的莊天然，神情微訝。莊天然朝他點了點頭，接著放大音量說道：「這是一個關卡，如果不破關，我們所有人都會被殺死。」

聽到「殺死」這個關鍵詞，眾人明顯更加恐慌，撞門聲越發劇烈，絲毫聽不進去任何勸導。

徐鹿一臉「我早就跟你說了吧！」，一面緊張地來回看著他們與無頭神。

只見無頭神的手指即將比到「二」，時間越來越緊迫，封蕭生徐徐開口：「請不用緊張，時間還很足夠。」

這句古怪的話引起了小部分人的注意，他們不解地回頭，但大部分人仍不死心地拍著門板。

接著封蕭生走到神像前，微笑著將無頭神的手指一個個扳回去，硬生生扳回成「五」。

「……」所有人都傻住了，場面瞬間冷卻，再也沒有人激動撞門。

還有這樣的操作？

封蕭生環視眾人，說道：「現在聽我說關卡規則。」他語氣溫和平穩，加上現在是一副溫柔可人的女子外貌，給人一種渾然天成的安心感。

「『姻緣相配，笑看對眼。』估計指的是不能和它對到眼，只要遵守這個規則，就不用怕成爲『新娘』。」封蕭生說道。

莊天然恍然大悟。原來這麼簡單？以往許多冰棍都是盲目地殺人，只要抓到就會被殺，聽起來這次的規則並沒有那麼難。

而徐鹿神色複雜，他頭一次見到老闆對玩家這麼溫柔，甚至還主動說出解答，明明以前都是等著看戲……難道，是因爲莊天然在這裡？

徐鹿看向面癱又不討喜的新成員，內心百般糾結，難以接受自己景仰的老闆居然因爲這樣固執的蠢蛋而產生巨大的改變。

眾人得知躲避的規則，臉色稍霽。在他們眼中，對方一個弱女子都不害怕了，情況似乎沒有這麼糟。

但莊天然很快察覺不對勁，他問封蕭生：「無頭神沒有頭，要怎麼判斷它的視線在看哪裡？」

此話一出，眾人瞬間垮下臉色，好不容易穩住的人心又一次躁動了。

「對、對啊，那不是死定了嗎？」

「救命啊！我要出去！快放我出去！」

莊天然一臉茫然地注視著封蕭生，完全不明白自己說錯了什麼。

封蕭生微笑，一語不發。

徐鹿捂著臉，再次認定自己絕對無法接受這樣的人居然是老闆的心上人，「拜託你也看看場合啊！」

莊天然心想：我只是問個問題啊？

封蕭生沒有半點責怪，眼神甚至帶著寵溺，彷彿在說「眞拿你沒辦法」，接著他回答了問題：「解法很簡單，只要換個角度。」

換個角度？

莊天然陷入沉思，抬頭看向無頭神，然而由不得他思考，下一秒無頭神的動作讓他狠狠愣住——無頭神的手指從「五」直接減到了「一」。

神像傳來沙沙聲響，手腳呈現怪異的扭曲，在地上摩擦，發出刺耳的噪音。

「啊啊啊！它、它它動了！」

「剛才不是還在比『五』嗎？爲什麼變成『一』了？」

「救命啊！快逃啊！」

眾人尖叫，拚命拍打大門，而門依舊紋絲不動，他們終於意識到這扇封閉的大門不會開啓，轉而四處逃竄和躲藏。

封蕭生毫無反應，即使情況沒有變好，也沒有人聽進他說的話，他亦無所謂，彷彿這是一件稀鬆平常的事情。

「時間到了。」封蕭生注視著東奔西竄的人群，微笑低語：「我可從來沒說，扳手指有用哦。」

在旁邊看清一切的徐鹿表情一變，體認到老闆根本沒變，對方早就知道情況會變成這樣，做出的一切只是爲了哄莊天然……他突然覺得傻傻相信老闆的莊天然有點可憐了。

此時莊天然眼見無頭神即將爬下台子，正拚命思考該如何破解關卡，絕不能讓它四處殺人。

如果無頭神沒有頭，要如何判斷它的視線？

只要換個角度……

如果換個角度思考，是他們要想辦法不對上無頭神的視線——對了，如果閉上眼睛？只要閉上眼睛，就能保證絕對不會對到視線！

莊天然在想通的一瞬間，立刻大喊：「閉上眼睛！閉上眼睛就不會對到視線！」

接著下一秒，莊天然看見無頭神的四肢宛若節肢動物的腳瘋狂竄動，迅速往台子下面竄，它來了！

莊天然倏地緊閉雙眼，還沒閉上多久，一旁就傳來封蕭生的笑聲：「然然，做得好，但你想到了嗎？為什麼我會說『這下麻煩了』。」

莊天然一頓。對了，這是他還沒有解開的問題。

莊天然轉頭看向封蕭生——但當他回頭，視線對上的卻是一具扭曲的人體，竄動的四肢在他面前扭動，明明沒有頭，卻聽見了尖銳的笑聲。

莊天然狠狠一嚇，腦中根本來不及反應，身體已下意識動作，想看清怪物的頭，這時，另一側傳來一道熟悉的聲音。

「然然，我願意永遠和你在一起。」

這句話，讓莊天然徹底僵住。

無論何時，室友對他造成的影響都遠遠超過任何事，以至於他剎那間凍住，停下了觀察的動作。

「不管聽見什麼，都別再睜眼。」真正的封蕭生說。

莊天然閉上眼睛，恍惚間明白了封蕭生的意思，但他不明白——封哥怎麼會知道室友說過的話？甚至一字不差。

自己曾經對封哥說過嗎？不，沒有，他很少向人談起室友的事，因爲光是回想就讓他幾乎窒息。

莊天然思緒徹底陷入混亂，閉著眼，卻遲遲無法冷靜下來。

「你怎麼會知道那句話？」

封蕭生沉默片刻，說道：「當時我在場。」

莊天然一怔。雖然不願回想過去，但只要一想起，十多年前的事依然清晰得宛如昨日，儘管記憶中的面容變得模糊，他依然清楚記得室友說這句話時的笑容很好看，並且當時周圍確實有許多人。

「你記得室友的臉嗎？」莊天然忍不住追問。

「我和你知道的差不多。」

莊天然難掩失望，封蕭生的嗓音變得特別柔和，像是在哄孩子，「盡早上手，到第十關，就會有答案。」

封哥說的對。莊天然心想。

因爲這句話，莊天然雖然內心疲累，卻也再次燃起希望。只要他盡快上手，直到能夠獨力解決關卡，就能闖過十關，見到室友和解開他當年失蹤的眞相。

莊天然甩開紛亂的思緒，集中精神破解這次的關卡，回想起剛才無頭神模仿封蕭生的聲音、語氣，後知後覺地感到毛骨悚然。

以前雖然見過冰棍模仿人類的聲音，但這是第一次，連性格都模擬得幾近相似，甚至還能與他們先前的對話有所連貫。

這表示它剛才還沒動以前，就一直在聽他們說話。

莊天然理解了封蕭生爲何說「這下麻煩了」，因爲根據這個世界的規則，隨著他闖關次數增加，關卡只會越來越難，如果這次只要閉眼就能破關，那和之前幾關的追逐戰比較起來太過容易，所以冰棍肯定有其他手段讓人受騙。

現在他們知道了，這個方法就是「人性」。

無頭神能夠模仿你身邊最親近的人，甚至輕鬆自如地搭上話題，它的行爲與以往只會單調重複句子的冰棍不同，簡直快跟人類一模一樣，讓人無法察覺。

「呃啊啊啊！」淒慘的慘叫聲劃破空氣，不久後便傳來骨頭斷裂的聲音，以及人體倒地的悶響。

有人崩潰尖叫，掩面哭泣，很快地，一個又一個絕望的慘叫響起，空氣裡瀰漫著濃厚的血腥味。

「都不要睜眼！不管聽到什麼都不要睜眼！」莊天然焦急地大喊，他閉著眼盲目地亂走，試圖提醒整座大廳的人。徐鹿也跟著四處吼叫提醒眾人，可惜他們的聲音大多埋沒在尖叫和腳步聲中。

漸漸地，四周慢慢安靜下來，直到剩下急促的喘息聲，以及難以隱忍的啜泣聲，氣氛凝結，過於安靜的氛圍反而令人不安。

結束了嗎？莊天然心想。

「它走了。」身旁傳來封蕭生的聲音。

莊天然不敢確定這次是不是眞人，依然緊閉著眼，猶豫著該如何判斷，這時，一隻溫暖的大手握住他的手，柔軟的指腹在他的掌心摩挲，帶著安撫的意味。

有體溫，是眞人。

莊天然睜開眼，封蕭生正轉頭看著大廳，臉上沒什麼表情，手掌仍握著他。

他隨著封蕭生的視線望去，瞬間僵直了身體。

大廳裡慘不忍睹，殘缺的屍塊散落各地，鮮血幾乎淹沒地面，死者的頭顱全都不翼而飛，倖存的人們有的蹲在地上嘔吐，有的臉色死白，眼神空洞，失魂落魄地站在牆邊。

莊天然於心不忍，即使見過再多的殘忍畫面，依舊無法習慣。他四處檢查屍體，從他們身上搜出證件或照片，放進口袋裡。

「你說過會帶我們出去！混蛋，你說過會帶我們出去的啊啊啊！」咆哮聲劃破死寂，一名男性信徒揪住師父的衣領，憤怒地搖晃。他的拳頭不停發抖，情緒激動得無法自制。

「不准對師父無禮！」林父向前推開男子，嚴厲的語氣反令男子更加激動，揮拳想與他廝殺，場面一觸即發。

另一名老人上前勸架：「你冷靜點，剛才要不是師父，我們早就已經死了。」

「騙人！你們都在騙人！」男子聽不進任何勸解。

接著又有一名婦人開口：「是真的，師父一直在幫我們！」婦人說起剛才，她原本和朋友們一起躲藏，忽然聽見怪物模仿朋友的聲音，差點就要睜眼，幸好師父即時摀住她的眼睛，她才得以活下來。她們嚇到腿軟，也是師父一直鼓勵，讓她們站起來，又引導她們到牆邊，與其他人聚集在一起互相壯膽。

林父也回想起方才的情況，自己原本閉著眼，慌亂中和琪兒走散，忽然聽見琪兒哭喊著爸爸，他原本要睜眼，是師父阻攔他，說道：「不是琪兒，她在這裡，跟我來。」他才知道，師父一直都睜著眼，不顧自身安危、只爲了救他們所有人。

隨著越來越多人的證詞，男子漸漸冷靜下來，滿臉不敢置信。

林父厲聲道：「你剛才不聽師父的勸阻，到處亂跑吧？你和那些人一個樣！」他認爲那些遇害的人就是因爲不信任師父，不肯接受幫助，才會受到懲罰。

男子面露羞愧。

「好了，都是正常的反應，師兄弟之間要互相諒解。」師父拍了拍男子的肩，「劉師弟，放輕鬆，人還在就好。」

男子鼻腔一酸，差點哭了出來。

師父走向滿地屍體，誦唸經文，祝禱他們的靈魂獲得安寧。接著走向莊天然，朝他雙手合十，「謝謝施主的協助。」

莊天然點頭表示應該的，師父莞爾，「施主溫暖、善良，想必是知恩圖報。雖易惹來非議，還請莫忘初衷，必將迎來善報。」

師父語帶玄機，莊天然暗想他指的或許是自己總有一天會解開室友的關卡？不由得心頭一暖。

聽見師父向莊天然道謝，信徒們也紛紛走過來握緊他的手，臉上一掃陰霾，重新染上了笑意和希望。

莊天然忽然明白了信仰的力量，人們需要可以依靠與全心信賴的對象，才有勇氣繼續前進。

就像室友之於他一樣。

即使現在室友不在身邊，但他始終是自己前進的力量。

莊天然問師父：「爲什麼開局的時候要故弄玄虛？」雖然是關卡要求他們進行祭

祀，但當時師父異常的行爲明顯造成了恐慌，與他現在的作法截然不同，就像變了個人似地。

師父搖頭嘆息。

一旁的林父說道：「當時的情況比現在更糟，沒人能夠冷靜聽從指示，所以師父故意讓他們畏懼，才不會像現在這樣盲目送命。而且，那時根本沒人敢碰邪物，爲了破關，師父只得出面！」

莊天然終於理解爲什麼林父從一開始就如此信任師父。

沒想到，一道聲音打破原本的和諧——

「爲什麼你們還能這麼正常對話啊？剛才都死那麼多人了！」燕燕咬著指甲，原本做好的美甲都被咬壞了。

莊天然見到燕燕安然無恙，而且四肢已恢復如常，頓感慶幸。他原本以爲對方可能被選中成爲「新娘」，現在看來說不定他當時看見的只是幻覺？

燕燕不敢置信地指著林父和林琪兒，「家屬很明顯就是他們其中一個吧？只有他們兩個有親屬關係，你們爲什麼都不懷疑他們？」

她看向畏畏縮縮的林琪兒，緊緊按住她的肩膀來回搖晃，「妳的案子到底是什麼？又破完一道關卡了，妳一定有想起來什麼線索，快說啊！」

林琪兒瞠目看著燕燕，眼眶盈滿淚水，支支吾吾地一句話也說不出來，似乎眞有隱情。

莊天然訝異地看向封蕭生，而封蕭生顯然早有預期，一句話也沒說，朝著莊天然微微一笑。

莊天然終於知道爲什麼封蕭生打從同住的第一晚就對林琪兒特別溫柔。以前他們警局在審訊犯人時也是如此，只有化解對方的心防，才能得到想要的答案。

林父揪住燕燕的手，怒吼道：「別碰她！」

面對男人的厲聲厲色，燕燕瞬間瑟縮，但方才駭人的死亡畫面讓她餘悸猶存，恐懼很快被惱火取代，「你也太自私了吧？口口聲聲說什麼大家都是信徒，卻眼睜睜看著他們死掉，明明有線索還知情不報！」

燕燕轉頭看向其他信徒，渴望尋求認同，「你們眞的相信他嗎？說不定他早就和師父串通好了，根本就是在騙你們！」

眾人看向林家父女，一臉欲言又止，在燕燕殷切期盼的目光中，幾名信徒只好道：「我們知道案子。」

燕燕頓住。

婦人擔憂地看著林琪兒，小聲說道：「大概是在說那件案子吧，但是……」她神情憐憫，不忍再說下去。

林父沉默良久，主動說道：「的確，我應該早點說出眞相。」

「林師兄，別這麼說，剛才那是妖魔作祟，不是你的錯，你和琪兒都是受害者。」一名男信徒按住他的肩，勸道。

林父眼神看向師父，師父點頭同意，其中一位婦人將林琪兒暫時帶離，待林琪兒離開，林父眼神陰鬱，良久後才再次開口。

「那天下午……琪兒下課後自己一個人去修煉堂，因爲是平常日，修煉堂常常沒有人，所以才會遇到……」說到這裡，他停頓了很久，才能繼續說下去。

那是一個稀鬆平常的日子，卻是林家人一輩子的惡夢。

林琪兒在修煉堂遭到宵小侵犯，後來有信徒正好去堂裡拿東西，才撞見此事，趕緊報警，但犯人已經逃離現場。

警方初步調查發現修煉堂數萬元捐獻金消失，估計是歹徒觀察過平日堂內無人，闖入竊盜，沒想到剛好被林琪兒撞見，進而見色起意。

「那個該死的王八蛋蒙著臉，到現在都還沒抓到人！」林父一拳砸向牆壁，滿臉怒意，雙眼布滿血絲，拳頭激動地顫抖著，「我的琪兒……爲什麼會遇到這種事……」

修煉堂的人幾乎都知道這樁悲劇，一個個低頭不語。

莊天然嘆了口氣，諸如此類的案例層出不窮，才十幾歲就遭遇這種事，難怪林琪兒面對他們時異常害怕，大概是從那之後就對男性感到恐懼。不過，成爲關卡的條件，是必須要有凶手和死者……正當他思考著是否另有隱情時，燕燕也察覺了這一點，旁敲側擊地問：「說不定不是這件案子呢？畢竟沒有死者啊。」她見林父口風鬆動，如果太過強硬反而會造成反效果，便以退爲進。

林父冷冷地說：「死者就是她肚子裡的那個東西。」

他的用詞冷漠至極，可見恨之入骨。

「琪兒一開始不敢說自己受到侵犯，所以沒有及早發現，直到懷孕了才知道。」林父說。

「這麼說凶手就是……」燕燕其實一點也不關心這些人背後的故事，只想快點離開關卡，她忍住內心的激動，想盡快套出誰是凶手！

林琪兒被迫懷孕，看林父的態度就知道她不可能把孩子生下來，這麼說來林琪兒從進入關卡後就神態古怪，說不定就是她殺了自己的孩子！

林父沉默地看著燕燕，燕燕莫名從腳底湧上一股寒意。

「凶手是我。」林父說著，眼神緊盯著林琪兒那方，表情沒有半分後悔，彷彿只要強姦犯出現在他面前，他便會把對方千刀萬剮，「是我餵她喝墮胎藥的，我怎麼可能讓我的女兒養一個雜種？」

莊天然看著林父的表情，想說些什麼，卻也知道說再多都於事無補。這是一起家庭悲劇，真正該承擔罪行的只有那個對林琪兒下手的罪犯。嬰兒、懷孕、無頭神，都是在暗示一起蒙面性侵案件，如此一來，真相已昭然若揭。

他們才剛過第一個儀式，後面還有三個儀式尚未解開，他還是第一次遇見這麼快就查清案件全貌的關卡，看來，接下來只要找出關鍵證據，就能離開關卡。

師父似乎和莊天然想法相同，勸道：「林師弟，莫執著於仇恨，當務之急是找出關鍵證據，琪兒才能平安。」

林父收起陰狠的表情，默默說道：「我那時候餵了藥，關鍵證據應該是藥。」

「等一下，還要再闖關？都死這麼多人了！」燕燕不敢相信，明明找出了凶手，居然這麼輕輕帶過？她一個人寡不敵眾，只得看向剛才和師父起爭執的男子，試圖拉攏對方：「你也想快點破關對嗎？再這樣下去肯定會死！」

男子面有難色，沒有接話，這時另一名男性信徒擋在他們面前，斬釘截鐵地道：「我們修煉堂是一個大家庭，因爲師父我們才能重新開始第二人生，我們不可能害人，更不可能傷害兄弟姊妹！」

此話一出，其餘幾人紛紛點頭認同。

莊天然有些意外，以往遇到的闖關者都恨不得盡快找出凶手，讓自己早點離開這個世界，難得有眞正團結的闖關者。

這麼說來，這些信徒打從一開始就有懷疑的案件，即使遇到危險也沒有洩露半點口風，可見他們說的「不可能傷害兄弟姊妹」並非假話。

燕燕沒想到不僅沒能煽動他們，這些人竟然還說要保護凶手。

她不甘心地跑向一旁，扯住林琪兒的手臂，面色陰沉，卸下了以往熱情的表象，以只有兩人能聽見的音量說道：「妳看看這些屍體，一點都不覺得愧疚嗎？臉皮眞厚，如果不是妳，他們也不會進來關卡。如果不是妳，妳爸爸根本不會成爲凶手……」

燕燕心想：自己是故意的。如果如果林琪兒不是凶手，那麼，她很有可能就是家屬。因爲對墮胎感到愧疚，所以忘不了自己的孩子，從她進入關卡後的各種反應都不難看出她心理創傷極大，加上膽小又畏縮，這種人只要給予一點精神打擊，很快就會崩潰，甚至會自我了結——

如燕燕所想，林琪兒焦慮地摳著指甲，差點把整片指甲給撕下來，她一頭撞向牆壁，邊哭邊叫，無法控制自己不停撞牆。

林父衝過來扯開燕燕，吼道：「妳對我女兒說了什麼！」

燕燕大笑，她的目的已經達到，無論他們怎麼罵都無所謂。

不管林父怎麼制止，甚至動手拉扯，林琪兒都不停撞牆。她的額頭已經頭破血流，任何人想勸阻都不聽，只要有人靠近，她就要咬舌，讓人不敢輕易接近。

莊天然穿越過人牆，他沒有碰林琪兒，而是冷靜地說：「妳要放棄了嗎？」

林琪兒聽不進勸，而莊天然沒有理會，繼續說著：「我知道妳遇到不好的事，但之前更糟的時候，妳都努力活下來了，如果現在放棄，那些努力就白費了。」

林琪兒漸漸停下了動作，哽咽著說：「都是我……我不想活了……」

莊天然沒有再勸，示意林父抱一抱林琪兒，林父趕緊照做，林琪兒看著父親臉部因激動而漲紅，顯得額前的幾根白髮更加斑白，她哭著哭著就安靜了下來。

直到林琪兒稍微平復，莊天然才說：「有人告訴過我，帶給我們希望的是『明天』，妳不會知道明天會發生什麼事，先過完今天吧。」

林琪兒紅著眼眶，無聲地流淚。

燕燕見計畫失敗，拚命咬著指甲，心想：呸！你們想死別拖我下水，難道我要自己動手？雖然不是沒做過，但這些白痴人這麼多……

燕燕眼神游移，四處尋找大廳哪裡有可以偽裝成發生意外的陷阱，忽然間，她發現眾人身後、大廳底端那扇木門，隱隱約約開了一條縫。

門縫裡一片漆黑，似乎有一顆白色的小球在半空中，她狐疑地注視一會，才發現那不是球，是女人的眼珠，漆黑的部分全是她的頭髮。

「呀啊啊啊！」燕燕發出驚叫，眾人被嚇了一跳，不明所以。

莊天然回頭，看見燕燕的小腿忽然呈現奇怪的扭曲，她雙膝跪地，小腿上下晃動，快速往廟裡的木門爬去。她驚恐地哭喊著：「我的腳！我的腳怎麼了？不要啊啊啊！」

莊天然見狀心想不妙，拔腿狂奔，差點追不上她移動的速度，幸好在千均一髮之際拉住了她的腳踝，但這時，燕燕回過頭來，翻著白眼，七孔流血，忽然倒地抽搐。她的肚子湧出大量鮮血，中間穿出一隻小手，接著肚皮被撕開，貌似嬰兒形狀的肉塊爬了出來，漆黑的、黏稠的、噁心刺鼻的肉體發出了嬰兒的哭聲。

莊天然被這駭人的一幕驚得跌坐在地，詭異的嬰兒邊哭邊朝他爬過來，血肉模糊的場面太過驚悚，莊天然腦門嗡嗡作響，雙腿無力，但他努力想要看清嬰兒身上的細節——一塊乾淨的手帕覆上了嬰兒的臉，封蕭生伸出食指把它推開，用最溫柔的聲音說：「再吵，把你塞回去。」

嬰兒依舊哇哇大哭，但再也沒有朝莊天然爬過來。

封蕭生拉起莊天然，師父越過了兩人，手裡銳利的尖刀手起刀落，沒有骨頭的嬰兒彷彿洩了氣的皮球癱軟在地，停止哭泣。

師父唸了幾句經文，虔誠地拜了拜：「一路好走。」

莊天然漸漸從震撼中回過神，儘管剛才被嚇到，但他依然有觀察到部分線索——

「封哥，我知道爲什麼你說無頭神的腳趾眼熟了，那是燕燕的腳。」

吃早飯那時，他便發現燕燕不自然拉長的小腿，再加上剛才看見她的小腿無法自主控制，種種跡象都表明燕燕的小腿已經被無頭神取代，這樣就能說明爲什麼無頭神的四肢長短不一——因爲那些都是由被選中的闖關者的身體部位拼湊而成。

雖然自己已經學會在恐懼中也要盡可能觀察細節，但依然能深刻感覺到自己與封哥之間的差距。

對方在毫無跡象時就記住了燕燕腳趾甲上的裂痕，現場有二十個人，他卻能記住其中一人的腳趾甲，難以想像他還記得多少細節。比起封哥，自己還是差得遠了。

莊天然繼續分析道：「燕燕是在吃了食物以後身體才產生變化，但林琪兒也吃了宵夜卻沒事，她們唯一的差別就是，燕燕因爲怕又被女主人發現沒有進食，所以多吃了早餐，而林琪兒沒有吃。所以，無頭神選擇新娘的條件，就是誰吃得更多，因爲那些食物都是爲『懷胎』準備的補品，對嗎？」

封蕭生莞爾一笑，拍了拍手，「滿分。」

莊天然想起封蕭生說過讓他自己做題。這表示他應該算是有所長進了吧？

「砰！」廟宇的大門被推開，門口站著昨天的村民，手提紅燈籠，臉上掛著相同的笑容，露出一口缺牙，「恭賀無頭神新婚大喜，賀喜元子誕生，明日再娶新娘。」

明天還要再娶新娘？

聽見村民的話，眾人臉色發白，現在只剩下一半左右的玩家了，接下來，新娘會是誰？

看著屍體的慘狀，不免讓人渾身發寒，誰也不想成爲下一個。

村民走過來撿走了嬰兒的屍體，即使只剩下一張皮他也毫不介意，始終維持著笑容，彷彿這是天大的喜事，而新娘的屍體則被留在原地，死不瞑目。

村民提著人皮，高舉燈籠，重複著和昨天相同的話：「各位新娘們，歡迎來到無頭村，夜深了，請隨我來歇息吧。」

眾人只得跟著村民走，離開廟宇才發現竟然已是天黑，看來這裡的時間會隨著關卡而變化。

走回村莊的路上，莊天然把被選上新娘的條件告訴師父和其他人，讓他們千萬不能吃下任何食物。

師父向莊天然深深鞠躬致謝，信徒們更是感激涕零，還有人握著他的手叫「師弟」。

莊天然搔了搔臉，有些不好意思。

林琪兒忽然走到他身邊，小聲地說了句：「謝謝。」說完就跑走了，莊天然甚至懷疑自己有沒有聽錯，他不理解為什麼林琪兒突然願意和他說話，不過，也算是好事吧。

待其他人走遠，一直沉默觀察的徐鹿在背後開口：「你做這些是在自我滿足嗎？」

莊天然頓住，回頭，發現徐鹿的表情並不像在開玩笑。

「你覺得他們其樂融融很好？善良的人就只會做好事嗎？如果他們之中有人說謊呢？『沒有意義的慈悲只會助長凶手的氣焰。』這是老闆教我的，但我不知道為什麼他一再縱容你，都不糾正你。」徐鹿心想，若是自己，早就被老闆踢出廟裡了，老闆的邏輯就是：「死一次就知道怕了」。

「知道我為什麼不同意你加入組織嗎？明明老闆最為人稱道的是他的破關速度，最高紀錄甚至可以一天內解決三個關卡，尤其這次，凶手和家屬這麼明顯，爲什麼老闆早就可以破關，卻要一直跟在你身邊？」

徐鹿憋了很久，滿肚子火，但莊天然卻仍一臉茫然，看得徐鹿更加火大。

莊天然見徐鹿憋得臉紅脖子粗，趕緊解釋道：「我知道，我是因爲親眼看到他們感情深厚，很多跡象都能證明他們說的是眞的……」

「哈！所以呢？他們隱瞞案情，我們就該死？」

莊天然思索片刻，正經道：「隱瞞是不好，但首先今天這起案子情有可原，再來，就算知道凶手是誰，我們也不可能對他們下手。每個人都會先保護自己的家人和朋友，這是人之常情，如果是你出事，我也會保護你。」

徐鹿愣住，沒想到自己抱持著與莊天然撕破臉的覺悟，但對方竟一臉認眞地說他們是朋友，頓時臉一紅，「誰跟你是朋友！」他瞥開視線，轉移話題：「反正，我反對你加入組織！你知道爲什麼我不介意老闆不管我死活嗎？因爲老闆就不該在意任何人，你的存在可能會變成他的弱點，老闆應該是無敵的！」

正在欣賞風景、沒理會兩人爭執的封蕭生突然冒出一句話：「我有不管你死活？上禮拜不是還請你吃冰淇淋？」

「……您是說您發現已經過期三個月，才順手丟給我的甜筒嗎？」

封蕭生笑笑不說話，走開了。

莊天然注視著封蕭生的背影，「我覺得你對封哥有誤會，封哥不是那樣的人。」

徐鹿翻了翻白眼，「你才有誤會，濾鏡比我跟李梨還重。」

莊天然搖頭，「你沒發現嗎？每次進關卡的時候，他都走在我和你的斜左側，因爲那裡容易成爲視線死角，所以他並沒有你想像中那麼不管你死活。」

徐鹿愣怔一會，眞的？老闆眞的會做這種事？他和老闆認識兩年，現在才知道這件事，而莊天然只和老闆接觸幾天，竟然會發現？

老闆行事是出了名地捉摸不定，莊天然卻似乎能夠了解他，不知道該說他是遲鈍還是敏銳，眞是一個怪胎。徐鹿心想。

幾人回到住所，莊天然聽見林琪兒和林父分別前，林父再三交代，告誡她「不許和男生說話」、「房間要上鎖」、「衣服穿好，不要誘人犯罪」等等。

封蕭生第一個推開門，婦人早已在門口迎接，笑臉盈盈地重複著與昨晚相同的台詞：「歡迎新娘們，晚餐已經準備好了。」

這次莊天然沒有猶豫，直接上桌。

眾人假裝用餐，婦人見碗盤清空，又道：「妳們遠道而來，今天就早點睡吧，對了，明天早上八點的例行祭祀不必參加，廟裡要舉行婚禮。」

果然和村民說的一樣，明天又是婚禮。

莊天然思索，按照提示，明天的關卡應該和第二個儀式「花好月圓，送入洞房」有關，這句話代表什麼含意？林父說的關鍵證據又會在哪裡⋯⋯

婦人原本面容和善，忽地轉頭，死氣沉沉的眼珠盯著莊天然說道：「記住，今晚不准再離開房間。」

她還記得昨晚的事！

看似不斷重複相同台詞的冰棍，實際上卻記得每件發生過的事。這讓莊天然開始懷疑，冰棍到底有沒有自己的想法——

「嗚嗚嗚……」餐桌上突然傳來一陣哭聲，但聽起來特別虛假。

發現身旁的封蕭生正在掩面哭泣，手裡還拿著一條手帕擦眼淚，莊天然困惑不解，心想：怎麼突然又開始演戲了？他的手帕眞多，這已經是第三條了……

封蕭生對著婦人說道：「其實，我來之前就已經懷孕了……」

此話一出，震撼了眾人。

接著封蕭生驀然撲進莊天然懷裡，楚楚可憐又悲戚地說：「親愛的，我懷的是你的孩子！」

莊天然徹底石化，「……」現在是什麼情況？

他完全跟不上封蕭生的腦迴路，不知該如何是好。

婦人聽聞，瞬間變了臉色，「妳竟敢愧對無頭神，雜種萬萬不可！新娘只許生下無頭神的元子！」

封蕭生擦乾眼淚，坐直身體，定睛注視著婦人，問道：「那你們有墮胎藥嗎？」

這一剎那，莊天然終於反應過來，懂了封蕭生的用意——林父說過關鍵證據很有可能是墮胎藥，所以說不定這就是得到關鍵證據的方法！他的目的是試探，村民不可能讓無頭神的準新娘帶孕成親，所以很有可能會拿出藥來。

只要處理掉墮胎藥，就能知道那個東西是否是關鍵證據，如果猜測正確的話，所有人都能離開！

莊天然心中一喜，卻見婦人擺了擺手，不悅地說道：「我們這裡沒有這種東西！」

一句話又讓進度回歸原點，莊天然難掩失落，封蕭生卻神色未變，彷彿只是隨口問問。

晚餐過後，眾人各自回房，走在階梯上，莊天然正想回頭問封蕭生對於明天的關卡有什麼想法，只見林琪兒小跑步上來，說了句：「晚安。」接著便咚咚咚地往樓上跑走。

莊天然似乎有一瞬間看見她滿臉通紅，忍不住擔憂地想：不會是發燒了吧？在關卡裡感冒就糟了。

封蕭生走上階梯，與莊天然並肩，勾住他的手，微笑著說道：「親愛的，該睡了。」

莊天然回頭看向樓梯下方的婦人，婦人面向著空無一人的餐桌，仍維持和剛才一樣的姿勢，沒有抬頭看他們，所以他不明白爲什麼封蕭生還要繼續演戲？

回到房間，對面的三張床依舊空著，見到沒有紙紮人，莊天然鬆了口氣。

本想和其他兩人討論明天的儀式，但不知是否因爲今天精神太過緊繃，莊天然沒來由地覺得大腦昏昏沉沉，坐在床上，很快便倒頭睡去。

莊天然感覺自己作了一個很長的夢，夢裡內容雜亂，有小孩們哭喊逃跑的畫面、大人的咆哮、手臂和大腿滿滿的血痕，他感覺到傷口很痛，夢境太過眞實，讓他翻來覆去，發出痛苦的悶哼。

接著夢裡出現一雙漂亮溫柔的眼睛，凝視著他的傷口，拆開ＯＫ繃的聲音發出了窸窸窣窣的聲響……不對，這個聲音不像拆開貼片的聲音，更像是衣物摩擦聲。

「救……救我……救救我！」耳邊傳來女人的哭喊，讓莊天然瞬間驚醒。

他猛地從床上坐起，轉頭一看，並沒有女人在求救，但是，婦人就站在徐鹿床前，死死盯著對方，使勁地把一碗飯菜往他嘴裡塞！

徐鹿緊閉著雙眼，咬緊牙關，像是在作惡夢般拚命掙扎，看起來並沒有醒過來。婦人瞠大雙眼，兩顆眼球凸起，就像快要從眼眶掉出來，不停喃喃唸著：「不能沒有新娘……不能沒有新娘……」

莊天然沒料想到光是躲避死亡條件還不夠，女主人竟然會因爲今晚沒有新娘就親自動手！

莊天然看向封蕭生，對方睡得很沉，周圍動靜再大都沒有吵醒他，肯定是關卡的陰謀。

來不及多加思考，他奔向婦人，抓住她的手，想阻止她餵飯。

掌心頓時傳來刺骨的冰冷，就像徒手握緊冰塊，莊天然哼了聲，儘管刺痛，卻仍用盡全力抓住沒有鬆手。

婦人力量不算大，所以徐鹿才有機會能抵抗一會，但無論莊天然怎麼往外扯，她都會不斷將手伸向徐鹿，同時驚恐地叨唸著：「不能沒有新娘……不能沒有新娘……」

掌心的疼痛讓莊天然渾身冷汗，雙手漸漸無力，他知道這樣下去不是辦法，吼道：「放開他！他不是新娘！」

婦人停住，聽見了某個關鍵字後，忽然扭頭，凸起的眼球緊緊盯住莊天然，齜牙咧嘴地說道：「妳就是新娘！」

說完，婦人撲向莊天然，伸手狠狠撬開他的嘴！

莊天然拚命反抗，抵死不從，只是剛才的拉扯幾乎耗盡他所有力氣，他開始感到渾身乏力、呼吸急促，快喘不過氣，但仍死撐著不鬆手，直到最後一絲力氣用盡，意識漸漸模糊，在視線徹底陷入黑暗前，他感覺到自己的嘴被撬開，大量飯菜灌入了嘴裡……

06 花好月圓，送入洞房

徐鹿睡到一半忽然滾下床，他從夢中驚醒，腰部隱隱作痛，就像被人一腳踹過。

他摀著發疼的腰部，很快發現手臂脹痛無力，牙齒異常痠軟，他想著怎麼回事？睡個覺都能全身不對勁……

徐鹿正想爬起身，抬頭便看見封蕭生站在他床邊，或許是角度關係，由下而上看去，封蕭生的臉上布滿陰霾，他所知道的老闆向來掛著笑容，就連面對冰棍都游刃有餘，徐鹿從未見過他臉色如此陰沉。

「起來。」封蕭生說。

只短短一句話，便讓徐鹿立刻從地上彈起，「是！老闆，怎麼了？發生什麼事？」

封蕭生比了下躺在自己床上的莊天然，神色淡漠地說道：「顧好他，我要去廟裡一趟。」

徐鹿回頭看向窗外，外頭夜色很深，現在還是半夜，女主人規定晚上不能離開房間，而且廟裡還有無頭神，現在去那裡不是找死嗎？老闆不可能不知道啊！他再仔細看向莊天然，對方面色蒼白，閉著眼遲遲未醒，房間地上到處都是不明的嘔吐物。

「他怎麼了？不是說不能吃這裡的食物嗎？他怎麼犯規了！」徐鹿無比錯愕。

「他被選上了，這裡沒線索，解法應該在廟裡。」封蕭生簡短道，說完便轉身準備離開。

徐鹿趕緊攔住封蕭生，「女主人不是說了嗎？絕對不能離開房間！您如果違反了規則也會出事的！」

封蕭生未置一詞，直接就要離開，徐鹿吼道：「老闆！他已經違規了、沒救了！你明明也知道！如果你出事了，組織怎麼辦？綠洲怎麼辦？自從他出現以後，你都變了！」

徐鹿內心十分掙扎，他並不是不想救莊天然，而是他很清楚，違規的人註定會死，如果老闆爲了救對方也跟著違規，兩個人會一起死。

老闆是組織的支柱，他們還有很多目標要達成，如果老闆死了，組織怎麼辦？Leo跟李梨呢？他認識的老闆是個自我中心、只顧著快速解決關卡的效率派，總是和其他玩家保持距離，但在莊天然面前，老闆似乎一點也不在乎破關，每天只是跟在莊天然身邊撒嬌，他眞的不明白，莊天然到底是誰？爲什麼能讓老闆變成這樣？

徐鹿心想，曾經自己也有過天眞、滿腔熱血、想要拯救所有人的時候，但後來每一次在關卡遇到的下場都是絕望，違規就是違規了，這個世界絕不會因爲你善良就給予寬容。老闆明明是最清楚的。

「徐鹿，知道我爲什麼找你進組織嗎？」封蕭生忽然說。

徐鹿愣了一下，「知道啊，您不是說因爲我很衰，可以用來吸引冰棍，替成員們擋刀嗎？」

「是因爲你不怕替組織的人擋死。」封蕭生背對著徐鹿，一字一句地說：「我不一樣，從創立組織……或者說，從那一年開始，我所有的行動都是爲了他，其他人我管不了。」

「您在說什麼……」徐鹿滿臉震驚和不解。

「組織的人就交給你了。」封蕭生輕描淡寫地道。這回他沒有再停留，徑直走向門口，在房門闔上之前，他拋下一段話：「地上嘔吐的痕跡是從你床邊來的，剛才是天然救你一命，本來被選上的應該是你。他是我們組織的一員，記住。」

房門關上，留下錯愕的徐鹿。

□

天色漸漸翻白，清晨的霧氣瀰漫村莊，一粒露水從窗戶上滑落。

莊天然緩緩睜開眼，朦朧之間好像夢到了小時候，一時摸不清自己身在何處。

他驀然想起昨晚的經歷，抬起手，看見發紫凍傷的掌心，明白昨晚的一切不是夢。

——他變成了新娘。

莊天然不知該做何反應，只能呆呆地躺著。

自己要死了嗎？

莊天然知道自己可能即將死亡，還是覺得無法相信。他躺了好一會兒才坐起身，正想下床，視線剛好對上對面的長鏡——

他看著鏡中的自己，狠狠頓住。

下意識摸了摸臉，再慢慢地左右轉頭，確認鏡中的人眞的是自己。

莊天然放下手，走向鏡子，近距離看著鏡中的自己生得一頭長髮，圓圓的眼睛，長長的睫毛，白皙的皮膚，粉色的臉頰，還有紅紅的嘴唇。

這不是他的臉。

他用力捏了把臉頰，呲了一聲，依然有痛覺。

莊天然努力想扯動臉部上的肌肉，笑容卻特別僵硬，熟悉的笑容讓他終於相信這是長在自己身上的臉。

——他的臉，被替換了。

莊天然不敢相信自己會變成女生，他知道被選上的新娘有部分身體會改變，但沒想到竟然是臉。

再仔細想想，一開始的男信徒也變成了女生，所以並非不可能。

莊天然怔怔地回到床邊，又坐了十分鐘才默默接受這個事實。

現在，他和那些人一樣，身體被替換了，所以他也會死嗎？

莊天然木著臉走出房門，腳步有些虛浮，剛要下樓，便發現封蕭生坐在門外牆邊假寐。

「你怎麼睡在這裡？」莊天然訝異道。

「太髒了。」封蕭生睜開雙眸，罕見地難掩疲態。

不知爲何，莊天然覺得封蕭生的語氣有些沉悶，但他很快便被對方滿身的髒污引走注意——封蕭生白色的僧衣上浸滿了大片血跡，怎麼看都相當不妙。

「你怎麼了？」莊天然急出一身冷汗，趕緊蹲下來檢查他是否有受傷。

封蕭生搖頭，「不是我的血。」

「那是誰的？」莊天然邊問邊檢查。

封蕭生沒回答，而是反問道：「妳的身體哪裡被換了？」

莊天然愣了幾秒才反應過來對方指的是被無頭神替換的身體，他有些驚訝對方怎麼會知道自己變成了新娘，但想想又覺得並不意外，畢竟封哥料事如神。

莊天然撓了撓臉頰，「頭，變成女生的臉。」

封蕭生安靜半晌，「妳不是本來就是女生？」

有過之前的經驗，莊天然很冷靜，「就像我之前說的，你們都看不出來被替換的人有哪裡不對勁，會誤以爲本來就是這樣。」

封蕭生撫著下唇，沉思道：「可是，我喜歡你，難道我喜歡男的？」

「……」什麼？他們講的好像不是同一件事。莊天然被封蕭生的發言搞得更混亂了。

封蕭生失笑，揉了揉他的腦袋，「開玩笑的，我信你。」

莊天然覺得自己向來分不清他的玩笑話和眞話。

原本瀰漫著死亡的沉重氣氛，因爲輕鬆的對話而打散了，莊天然暫時放下成爲新娘的事，封蕭生也隻字未提，一切如常。

「徐鹿呢？」莊天然問。

「他去替我辦事。」封蕭生說道。

兩人下樓，樓下同樣安安靜靜，沒有半個人，餐桌上甚至沒有早餐。

莊天然十分困惑，「林琪兒去哪了？女主人呢？」

「她爸一大早來把她接走了。」

封蕭生沒有回答女主人的部分，莊天然也沒多想。

今天兩人很早便來到了廟裡，廟內很黑，燈籠並沒有被點上，只有外頭陽光斜斜地射入大廳。

沒多久，其他人便陸陸續續地進廟，雖然他們臉上依舊惶恐不安，但疲態明顯有所減少，彼此之間還能互相打招呼。

莊天然想，昨晚被選上的新娘可能只有他一個。

他慶幸，但又感到害怕，他又開始想：自己眞的會死嗎？

莊天然看向乾淨的地面，不見半點血跡和屍體，像是昨天什麼都沒發生過。而底端的神壇上，無頭神的神像並不在原位。

不見蹤影，反而更讓人不安。

想起昨天廟裡的慘狀，再想到自己今天即將面臨相同的命運，莊天然閉上眼，深吸一口氣，握緊發抖的拳頭。

不行，他不能放棄，如果他死了，室友怎麼辦？他還沒有解開室友的案子，絕對不能死……冷靜，不是沒有機會，只要在這一關卡結束前找到關鍵證據，就能避免死亡。

莊天然思緒紛亂，不停告訴自己不要慌，要鎭定。忽然間，一隻溫暖的手掌覆上他顫抖的拳頭，掌心傳來的溫度和力道讓莊天然回過神。

封蕭生垂眸，凝視著莊天然的雙眼，緊握著他的手，「你說過，保護家人和朋友是理所當然的事，所以，不管要我做什麼，我都會保護你。有我在，你不用那麼勇敢。」

不知爲何，封蕭生的一句話讓莊天然沒忍住鼻酸。

原本他認為自己不怕死，疼痛只是一時，牙一咬就能忍過去，只要能解開室友的案子，要他死他也甘願。從那件事情發生以後到現在，他一直都過得生不如死，他無法接受從今以後沒有室友的日子。

但他現在才發現，自從遇到封蕭生後，他漸漸感受到和室友共處時的快樂，他開始變得不想死。

「砰！」三道大門應聲關上，室內頓時陷入徹底的黑暗，很快地，紅燈籠亮起。有人驚恐地指著上方，叫道：「頭、頭……」

仰頭一看，只見掛著燈籠的位置，多了兩顆人頭高高懸掛在上頭。

——是面容扭曲的村民，以及滿臉猙獰的女主人。

誰也不敢相信這一幕，冰棍竟然會死！頓時驚呼連連，議論紛紛。

唯有封蕭生態度平靜，彷彿早已知道這件事。

莊天然愕然，昨晚到底發生了什麼？他驀然想起封蕭生渾身浴血，與他剛才說的那句話——

「你說過，保護家人和朋友是理所當然的事，所以，不管要我做什麼，我都會保護你。有我在，你不用那麼勇敢。」

《請解開故事謎底03》完

番外 封蕭生

封蕭生從出生就在育幼院，自他有記憶以來，已經換了四所。

被迫異動的理由有很多，院長經營不善、院所沒有資金、負責人捲款跑路、爆出人口販賣、高層詐領補助金……諸如此類。

封蕭生不懂這些人爲了生存而四處搶奪的意義，他很早便明白這個世界有多糟糕，沒必要努力活下去。

這時的他只有五歲。

封蕭生仰頭看著面前嶄新的育幼院大門，旁邊的教保員彎下腰對他說：「從今天開始，這裡就是你的新家喔。」

家？這不是他的家，家在辭典中的定義是「眷屬共同生活的場所」，而他沒有眷屬。

封蕭生心裡想著，抬頭面對教保員，見到對方堆起的笑容，他沒有反駁，而是回以一笑。

這是一所重新開幕的育幼院，老院長死了，換新院長接手，今天是開幕的第一天，所有無家可歸的小朋友都被集中到這裡，年齡範圍大約五到十歲。

而就在第一天，新院長給了他們震撼教育。

第一天，幾乎所有小朋友都被以各種莫名其妙的理由毒打，吃飯太慢、走太慢、回答太慢都不行，一旦「犯錯」就會被打。

但經歷四所育幼院的封蕭生不同，他不只機靈，而且做得近乎完美，連面部表情都控制得恰到好處，出色的外表、聰慧的頭腦，更重要的是嘴甜，種種原因讓他成了育幼院裡唯一一個沒被打的孩子。

老師們紛紛告訴院長，封蕭生是最聽話的孩子，不須特別管教。

在一旁聽聞的封蕭生內心發笑，想著：真蠢。再看向被毒打的小朋友，也覺得有點好笑。

他坐在椅子上喝著老師給他的果汁，看著趴在地上哭喊的孩子們，想起了在《神曲》裡看到的地獄，罪人會根據所犯罪孽受到不同的刑罰，不知道這會是哪一層地獄的模樣？

這時，他注意到其中一個小朋友被打得特別慘，因為那個冥頑不靈的小朋友一直堅持自己沒有犯錯，甚至在看到其他小朋友遭受刁難時，還出面替他們解釋，傻傻地以為只要讓老師理解，就能解除「誤會」。

殊不知就是這些「辯解」，讓他成為今天被打得最凶的孩子。

老師們報告院長，莊天然是最不聽話的孩子，必須嚴格管教！

但即使老師打到他都說不出話來了，莊天然依舊沒有改口，到最後仍然沒能明白自己為什麼被打。

封蕭生在一旁看得透徹，忍不住搖頭失笑。

下午分配寢室，封蕭生被安排與莊天然同一間。

老師囑咐他要好好教導莊天然，他禮貌地點頭說好，轉頭便拋在腦後。

封蕭生原以爲室友是誰都無所謂，只要無視就好。但沒想到，才剛進房間，莊天然就興奮地靠上來，對方雖然笑著，眼皮卻沒有在動，讓封蕭生狐疑地看了他一眼。

莊天然激動道：「你是今天唯一沒有被打的人吧？好厲害！」

看著莊天然鼻青臉腫的臉蛋，還有那雙滿是崇拜之情的眼睛，他心想：能被打成這樣的你才讓人難以理解。

封蕭生沒有講出心裡話，微微一笑，轉頭睡覺。

他以爲自己能當作這個人不存在，但莊天然因爲受了嚴重的傷而疼得睡不著覺，躲在棉被裡偷哭，封蕭生就這樣被吵了一夜。

之後，每天都是如此。

封蕭生始終沒有被打，還經常受到表揚，封蕭生對於表揚毫無興趣，然而莊天然卻完全相反，他似乎因此更加崇拜自己。

莊天然問：「我也好想被表揚啊，要怎麼做才能像你這樣呢？」

封蕭生看著他身上大大小小的傷痕，沒有回話。

莊天然身上的傷口還沒好，很快又會增加新的傷，導致他每晚都躲在棉被裡哀號。

封蕭生心想：你以爲遮住我就聽不見？

他本來想無視，但每晚都被吵得睡不著覺，罕見地有了一絲火氣，他已經很久沒有「生氣」的情緒，本來想罵人，轉頭卻看到莊天然好不容易終於睡著。

他躺回床上，心想：算了，反正這個人罵了也聽不懂。

幾天後，莊天然因爲傷口潰爛而發了高燒，封蕭生聽見他迷迷糊糊地在床上囈語，走近看見他通紅的臉，本來不想管，但想了會，忍不住搖醒他。

封蕭生只要有好奇的事，就想立刻知道答案。

莊天然矇矓地睜開眼，聲音有一絲沙啞，「怎麼了？」

封蕭生問出一直想問的問題，他說：「你不後悔嗎？」

莊天然眨了眨眼，沒聽明白，「後悔什麼？」

「你一直在袒護他們，但最後你們都一樣會被打，你不後悔嗎？」

封蕭生是眞的不理解莊天然的作爲，他看過很多書，但沒有一本書能解答這件事。

爲什麼他要做徒勞無功的事？爲什麼他不會記取教訓？就連牲畜挨打都能學會聽話，爲什麼他不會？

莊天然聽不懂「袒護」是什麼意思，自己的室友經常說出一些很難懂的話，所以大家都很崇拜他，但也很怕他，只有自己不怕。

莊天然燒得糊塗，似懂非懂地答：「我們沒有做錯，爲什麼要被打？」

封蕭生說：「他們的目的就是要你聽話。你越辯解，只會越突顯你的『錯誤』。」

莊天然含糊地說：「我知道！但我們沒有錯，爲什麼不能說？如果什麼話都不能說，那就不是我了，這樣不是很痛苦嗎？我不要這樣……」

封蕭生很意外，沒想到會得到這個答案，原來他知道，他並不是沒有在思考。

封蕭生反思莊天然說的話，「如果什麼話都不能說，那就不是自己了」？

封蕭生想起自己似乎從來沒有說過想說的話，痛苦嗎？他從沒想過這個問題。一直以來，他都覺得活著很無趣，難道就是這個原因？

想不到一個看起來特別傻的人，會說出能夠讓自己深思的話，封蕭生開始好奇莊天然都在想些什麼。

隔天，封蕭生看著老師們的臉，想起還躺在宿舍裡病懨懨的莊天然，還有對方昨天說的那句話：「如果什麼話都不能說，那就不是我了，這樣不是很痛苦嗎？」

他突然變得一點也不想迎合這些人。

大不了大家一起死吧，反正他也沒什麼留戀的，不過，像莊天然這樣即使差點被打死也要努力活下來的人，也會死嗎？他很好奇。

出於好奇，封蕭生趁著經常出沒職員休息室的機會，偷走了老師的手機，在他們毒打孩子的時候錄影，再用老師的信箱偽裝成本人的爆料，發給媒體。

不過一天，媒體蜂擁而上，很快地政府機構介入調查，院長著急想平息非議，私底下召集員工們開會討論。

院長在會議上破口大罵，絲毫沒有在媒體面前溫文和藹的形象，眾人圍剿著手機被偷走的老師，老師則堅持自己沒有爆料，是有人偷了他的手機，他們之間一定有內鬼！

事情成了羅生門，原本就不和諧的同事關係演變成內鬥，情況越演越烈，新仇舊恨一次爆發，老師們顧著互相撕咬，再也沒空「管教」孩子——誰也料想不到，事件的主謀竟是一個孩子。

最後，院長斬草除根，運用各種手段開除了所有人，換了一批新的老師。

雖然新來的老師也與院長同流合污，但礙於近期被媒體和政府關注而有所收斂，不敢再光明正大地天天毒打，因爲會留下痕跡。

不過封蕭生知道，這些改變都只是一時的，一旦失去了媒體的關注，一切又會回歸原樣。

封蕭生還是覺得這個世界糟透了，還不如全死了。

然而，院內依然迎來全新的改變，小朋友們最後得知這些都歸功於封蕭生的所作所爲，頓時驚呼連連，喜不自禁，甚至忍不住大哭，這天夜裡，所有小朋友都聚集在封蕭生和莊天然的宿舍房間裡。

小朋友們哭得雙眼紅腫，抱住封蕭生的手和他說謝謝，他們終於得救了，是封蕭生救了他們！

封蕭生微微蹙眉，抽開了手。

他只是好奇，所以才會做實驗，並沒有想救任何人。

這時，莊天然拉起了封蕭生的手，燦爛地笑著說：「室友，我就知道，你眞的是英雄！」

從入住第一天開始，這是封蕭生第一次見到莊天然露出如此開懷的笑容。他常常在哭，或者因爲傷口而難受，平常也不太擅長擺出表情。原來他的笑容是這樣子，像是發自內心全心全意地相信著自己是個善良的人，自己就是他的英雄。

封蕭生摸了摸胸口，心跳莫名變得不規律。

他還是覺得莊天然很傻，傻得相信他，但他不討厭被人百分百信任的感覺。

對育幼院的小朋友們而言，今天是値得慶祝的一天，房間裡充滿了笑聲，院裡從未如此歡樂。

封蕭生看見所有人都笑得開懷，他摸了摸臉，發現自己似乎也在笑，他以爲自己不會笑。

莊天然指著他說：「啊，你笑了！」

封蕭生不解，他明明很常臉上都掛著笑容。

莊天然開心地說：「室友，你第一次因為想笑才笑出來呢！」

封蕭生停頓。這個人傻乎乎的，卻好像天生就很了解他，就像他的半身一樣。

原來如此，封蕭生笑了。

他終於明白自己糟透的人生缺乏了什麼，是一個可以互相分享、無論做什麼都不會捨棄彼此的人——只屬於他的眷屬。

封蕭生開口：「然然，我願意。」

莊天然愣了愣，「願意什麼？」

封蕭生眉眼微彎，「一直和你在一起。」

從這之後，莊天然沒有再被打過，晚上也睡得很香，封蕭生終於能睡好覺。

封蕭生讓莊天然多看看書，莊天然卻迷上了與他擠在同一張床上、黏著他一起看書，他從一開始的拒絕到後來的習慣，見莊天然每天都很開心的樣子，也就隨他去了。

又過了很多年，這一天，封蕭生摟著莊天然一起看書，他留意著莊天然的視線，等到他看完才翻下一頁，等待的期間，懷裡的人暖暖的就像暖暖包一樣，讓他不知不覺有了睡意。

封蕭生向來淺眠，他頭一次比莊天然還早入睡，更別提是在抱著人的狀態下。

在夢裡，他似乎聽見莊天然笑著說：「你看，人生不是只有壞事，我們是爲了現在的幸福，才那麼努力活下來。」

莊天然說的話，總是能讓他深思，在溫暖的氛圍中，他理解活下來的意義，就是爲了現在這一刻。

封蕭生想起自己空白的書籤還沒塡上字，現在他已經想好了內容。

——我本以爲人生無趣，直到你出現，我才知道人生的全貌是你。

〈封蕭生〉完

後記

你們好呀，實體書派的小夥伴們好久不見，有在追連載的小夥伴們又見面了～～第三集讓你久等了，當你看到這行字的時候，代表你還一直記得這本書和封然他們，發自內心地謝謝你：）

有關注社群的朋友應該都知道爲什麼第三集這麼晚出版，因爲去年家裡發生重大變故，我需要獨自一人照顧生病的家人走完最後的旅程。在這段過程中，除了因爲日夜奔波，更因爲《謎底》描寫的正好是跟死亡與離別有關的主題，導致我遲遲沒辦法下筆。原本以爲自己可以做到，基於職業道德，我告訴自己不管經歷天大的事我都應該要努力寫出來，我一定可以做到，但後來卻發現即使我天天坐在電腦桌前十個小時，都沒辦法寫出一個字，甚至好不容易寫完的片段又會全部刪掉重寫。

我終於明白不是每件事都是逞強就能做到，我要接受自己也有沒辦法做到的時候，學會認清自己也是一件好事。

謝謝出版社和編輯一再的包容，讓原本的交稿期限一延再延，我很抱歉也很感謝。這段時間出版社和編輯一直盡力地協助我、替我想解決的方法，能和編輯們和魔豆文化合作是我近年最幸運的事。

很高興最終第三集還是趕在書展前順利完成了，雖然篇幅比較短，但我想慢慢寫，如同之前說過的，我希望給你們我能做到的最好的作品。

雖然我速度不快，但謝謝你們一直等我，不用擔心，已出版的作品都會全部完成，不會棄坑。套一句在社群寫過的話：「我要寫到80歲，因為我想看你們到80歲還在看BL。」

如果孫子問你在看什麼，你要很正大光明地說：阿嬤/外公在看BL :)

說完了去年的近況，來說說第三集的內容。這次的番外寫到封蕭生的故事，大家是不是更了解神秘的封哥了呢？莊天然總是說自己被室友影響很深，但他不知道封哥也是，他們兩人一起成長，一起改變，所以密不可分，彼此是彼此的半身。

我知道大家都在期待他們相認，相信不會太久的，預計一集會揭開一個大伏筆。

另外，本集還有莊天然性轉（？）的部分，雖然目前看起來劇情圍繞在「完了完了違規了要死了」的氛圍中，但請放心，我絕對不會放過性轉的萌點（？？？）第四集除了繼續維持緊張刺激的氣氛以外，也會有關於性轉的玩法還有笑點哈哈哈，那麼我們第四集再見～～還是那句話，很高興有妳／你！

如果大家對於第三集有什麼感想或者單純想說句喜歡，都歡迎發IG限動TAG我的帳號跟我分享，好喜歡看你們發的限動和照片！♡

IG&噗浪：@jing_with_yu

FB：花於景

最後謝謝你們和皮飽在我最艱難的時期陪伴我，你們就是我的避風港。

景 2024.1.11

國家圖書館出版品預行編目資料

請解開故事謎底 / 花於景 著.
——初版. ——台北市：魔豆文化出版：蓋亞文化發行，2024.02
冊； 公分.（Fresh；FS219）
ISBN 978-626-96918-8-3（第3冊：平裝）
863.57 112013161

fresh FS219

請解開故事謎底 03

MURDEREROFUS

作　　者　花於景
插　　畫　PP
裝幀設計　高橋麵包
總 編 輯　黃致雲
發 行 人　陳常智
出 版 社　魔豆文化有限公司
發　　行　蓋亞文化有限公司
地址：台北市103承德路二段75巷35號1樓
電話：02-2558-5438　傳眞：02-2558-5439
電子信箱：gaea@gaeabooks.com.tw
投稿信箱：editor@gaeabooks.com.tw
郵撥帳號 19769541　戶名：蓋亞文化有限公司
法律顧問　宇達經貿法律事務所
總 經 銷　聯合發行股份有限公司
地址：新北市新店區寶橋路二三五巷六弄六號二樓
電話：02-2917-8022　傳眞：02-2915-6275
港澳地區　一代匯集
地址：九龍旺角塘尾道64號龍駒企業大廈10樓B&D室
電話：+852-2783-8102　傳眞：+852-2396-0050
初版四刷　2024年 08月
定　　價　新台幣 190 元
Published and printed in Taiwan

ISBN 978-626-96918-8-3

請解開故事謎底 03

魔豆文化　讀者迴響

感謝您在茫茫書海中選擇了魔豆，您的支持是我們最大的動力。
不要缺席喔，讓我們一起乘著夢想的羽翼，穿越時空遨遊天地！

姓名：　性別：□男□女　出生日期：　年　月　日
聯絡電話：　手機：
學歷：□小學□國中□高中□大學□研究所　職業：
E-mail：　（請正確填寫）
通訊地址：□□□
本書購自：　縣市　書店
何處得知本書消息：□逛書店□親友推薦□DM廣告□網路□雜誌報導
是否購買過魔豆其他書籍：□是，書名：　□否，首次購買
購買本書的動機是：□封面很吸引人□書名取得很讚□喜歡作者□價格便宜□其他
是否參加過魔豆所舉辦的活動： □有，參加過　場　□無，因爲
喜歡出版社製作什麼樣的贈品： □書卡□文具用品□衣服□作者簽名□海報□無所謂□其他：
您對本書的意見： ◎內容／□滿意□尚可□待改進　◎編輯／□滿意□尚可□待改進 ◎封面設計／□滿意□尚可□待改進　◎定價／□滿意□尚可□待改進
推薦好友，讓他們一起分享出版訊息，享有購書優惠 1.姓名：　e-mail： 2.姓名：　e-mail：
其他建議：

廣告回信　郵資免付
台北郵局登記證
台北廣字第00675號

TO :魔豆文化有限公司　收

103 台北市承德路二段75巷35號1樓

魔豆

魔豆